JN319211

黒子のバスケ
ウインターカップ総集編
影と光

黒子のバスケ

ウインターカップ総集編
影と光

藤巻忠俊　平林佐和子

JUMP j BOOKS

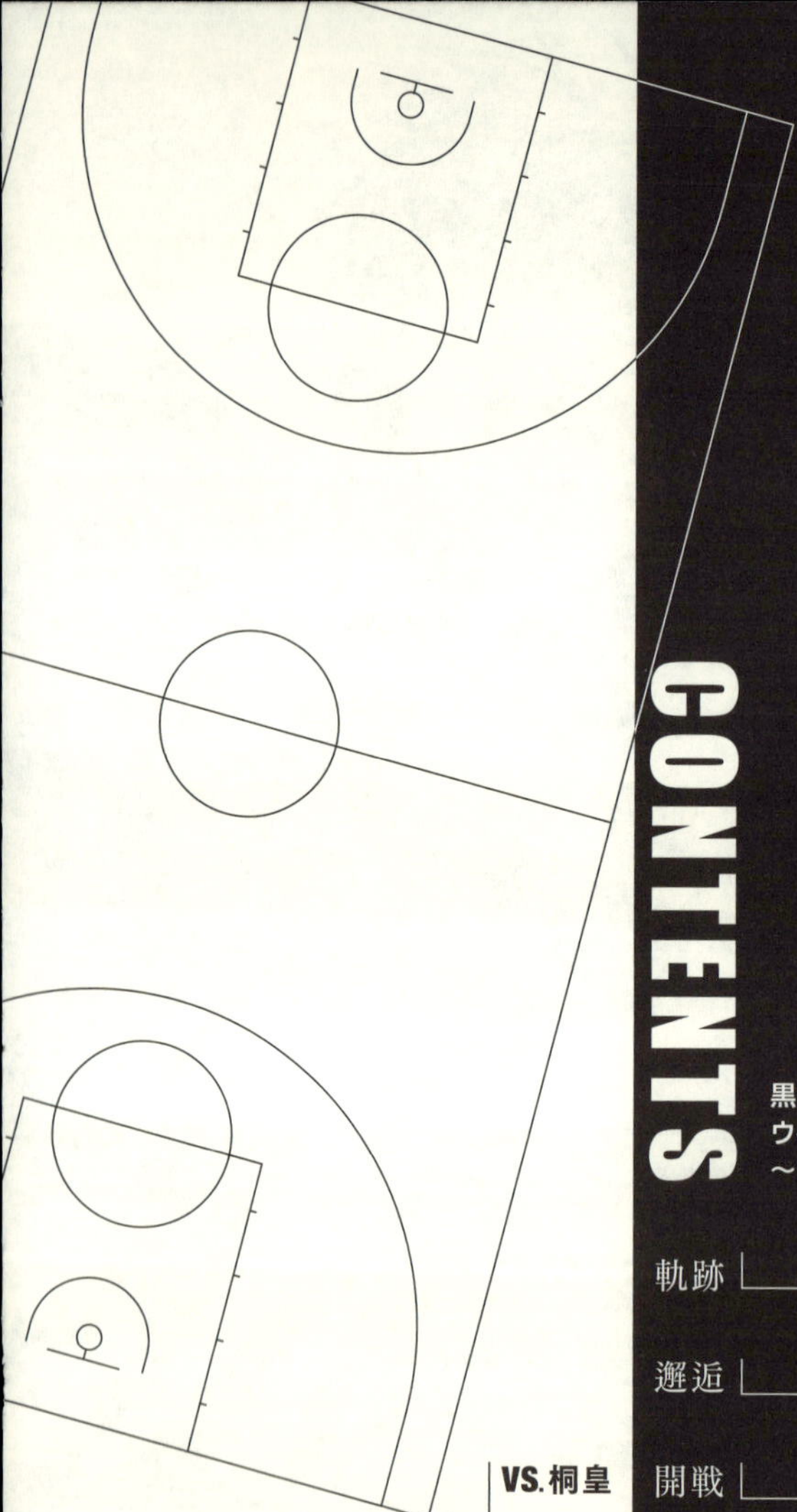

CONTENTS

黒子のバスケ
ウインターカップ総集編
〜影と光〜

軌跡 009
邂逅 037

VS.桐皇
開戦 055
激突 081
覚醒 113
決着 139

この作品はフィクションです。
実在の人物・団体・事件などには、いっさい関係ありません。

Trajectory

軌跡

THE BASKETBALL
WHICH KUROKO PLAYS.

WINTER CUP Highlights vol.1

コツン。拳をあわせるのはふたりの合図だ。
言葉よりも深く、相手に信頼を伝える。
そして、
バスケの楽しさを分かちあう仕草でもあった。

シュパッ。

小気味のいい音をたててボールがゴールネットを通過する。

「っし！　ナイスパス！　テツ！」

シュートを決めた少年が振り向いた先には、絶妙なパスでサポートしたチームメイトの少年が立っていた。

互いの健闘を称えて笑顔で自陣へと戻るふたりに、併走する他のチームメイトたちがぼやく。

「黒ちんと青ちん、相変わらずムカつくぐらい息あってるよねー」

「てか黒子っち、こっちにも回してほしいっス！」

不満を漏らすチームメイトにサポートを得意とする少年は少しだけ困った声で答えた。

「主将に言ってください」

その一言で、みなの視線が彼らを束ねる主将に自然と集まる。

「いまのプレイを見せられたら、当分はこれが既定路線だな」

主将である少年にお墨付きをもらい、シュートを決めた少年がニカッと笑った。

「ははっ、ホントなんでだろうな。テツとは他のことは何もあわねーのに、バスケだけは噛みあうんだよな」

言葉どおり、ふたりはその後も息のあったプレイを見せ、いくつものシュートを決めた。

「ちぇっ、なんでっスかねー？」

ベンチに戻った仲間のひとりが不満を漏らすと、別の仲間が落ち着いた声で言った。

「黒子は『影』なのだよ」

「は？」

「『影』は『光』が強いほど濃くなる。つまり強い選手と組むほど黒子も力を発揮する。一番オレたちも別に黒子と息があっていないわけではない……が、やはり最強は青峰（あおみね）だ。黒子と嚙みあうということは……ひときわアイツの輝きが強いということなのだろう」

落ち着いた声の少年の視線のさきには、拳（こぶし）をあわせるふたりの姿があった。


コツン。

それは信頼の証（あかし）であり、バスケの楽しさを分かちあう合図でもある。

想い全てを握（にぎ）りしめるようにして、ふたりは拳をあわせる。

青峰大輝（光）と黒子テツヤ（影）。

彼らの合図はいつまでも変わらない、はずだった。

変化の兆しは、その年の全中（全国中学生バスケットボール大会）の予選で現われた。
そして翌年、青峰らが全中三連覇を成し遂げたのと同時に、『影』は姿を消す。
次に『影』が表舞台にその姿を現したのは、さらに翌年の春。
黒子テツヤは誠凛高校に進学していた。

春。
澄んだ青空のもと、誠凛高校では新入生に対するクラブ勧誘が盛況に行われていた。
新設校のため二年生しかいない各部は、新入生を確保しようと躍起になっている。
また新入生たちも、部活選びに余念がない。
部活動は学校生活を彩る重要なスパイスのひとつ。

期待に胸を膨らませ、興味津々な様子で各部の説明を受けていた。

だが、この男は違った。

「バスケ部ってここか？」

と言って、バスケットボール部のブースに現れたのは、火神大我。

期待に目を輝かせる他の新入生とは違い、冷たく苛立った様子の男。

事実、火神は苛立っていた。いや、軽蔑しているというほうがより正しい。

幼少期に父親の仕事の関係でアメリカに渡った火神は、本場アメリカでバスケットを知り、夢中になった。

だが、中学二年生のときに帰国した彼は愕然とした。

日本でのバスケのレベルがあまりにも低かったのである。

お遊びにしか見えない有様に火神は怒り、くさったが、かといってバスケから離れることはできず、高校でもバスケ部を選んでしまった。それゆえに、誠凛高校のバスケ部にも期待はしていなかった。

しかし、それはある青年との出会いでくつがえる。

「適当にパスもらえませんか？」

と言ったのは、存在感のない、素人みたいなバスケをする青年、黒子テツヤ。

バスケ部の仮入部で行われた一年生対二年生のミニゲームで、一年生チームが劣勢に陥ったときの一言である。

火神だけではなく、同じ一年生全員が首を捻った。

あまりの存在感のなさに、一緒にプレイをしていた仲間も存在を忘れるほど目立たない選手がパスをもらい、どうするつもりなのだろう。意味はわからないが、もはや勝ち目のない状況のチームならば、なにを試しても変わらない。

そんなやけっぱちの考えから、一年生の仲間は黒子にパスを回した。

次の瞬間、誰もが目を疑った。

一番驚いたのは、ゴール下にいた別の一年生だ。

気づいたら、自分の手の中にボールがおさまっていたのだから。

「え？　え？　……あっ！」

自分がフリー状態であることに気づき、一年生はシュートを放つ。

シュパッ。

見事にゴールは決まり、点が入った。

「入った……？　えぇ⁉　今どーやってパス通った⁉」

「わかんねぇ、見逃した！」

二年生たちはざわつき、顔を見あわせる。偶然の産物と思われたパスは、その後も次々と二年生の死角をつき、通っていった。

かけ離れていた点数は徐々にその差を縮め、今や点差はわずか一点。

立役者はもちろん黒子だ。

ただ、その姿は相変わらず目立つことはない。

（これが黒子の……！）

火神は驚いていた。まさに黒子のようなプレイ——自分の存在感のなさを利用してパスの中継役になる——など、見たことがない。

もちろん存在感のなさだけで成り立つプレイではない。

後日、カントクである相田(あいだ)リコから説明されることになるのだが、黒子のプレイには、視点誘導(ミスディレクション)が大きく関わっている。

ミスディレクションとは、手品などに使われる人の意識を誘導するテクニックのことだ。それによって自分ではなく、ボールや他のプレイヤーなどに相手の意識を誘導する。つまり黒子は試合中、ミスディレクションを駆使して自分以外を見るように仕向けているのだ。

またこのことは、とある事実を教えてくれる。噂(うわさ)だけの存在とされていた幻(まぼろし)の選手、かの強豪帝光中(きょうごうていこう)のレギュラーでパスに特化した選手、幻の六人目(シックスマン)こそ、黒子テツヤなのだ、と。

だが、このときの火神はそんなことを知る由(よし)もない。

さらには、黒子のことを全面的に見直したわけではない。

マークもつかないフリー状態にもかかわらず、レイアップシュートすら外(はず)すプレイを目の前で見せつけられては、一目(いちもく)おけるわけがない！

「ちゃんと決めろタコ！」

リングからこぼれ落ちたボールを摑み、火神は豪快なダンクシュートを決める。

ガガンッ！

たわんだリングが大きな音を響かせるのを聞き、涼しい顔だった黒子がわずかに笑みを浮かべた。


これが、火神大我がはじめて知る、黒子のバスケ。

だが知ったのはこれだけではない。

強豪校、帝光中学バスケットボール部に存在した五人の天才「キセキの世代」。

その全員が自分と同じ世代であるという事実。

「『キセキの世代』ってのはどんくらい強ーんだ？」

学校の帰り道、偶然一緒になった黒子に火神は尋ねた。

「俺が今やったらどうなる？」

「……瞬殺されます」

「もっと違う言い方ねぇのかよ！」

「ただでさえ天才の五人が、今年それぞれ違う強豪校に進学しました。まず間違いなくその中のどこかが頂点に立ちます」

はっきりと断言する黒子に、火神は面食らうどころか豪快に笑いだした。

「ハハハハハッ！　決めた！　そいつら全員ぶっ倒して、日本一になってやる」

火神の瞳に野心の火が灯る。

日本に帰ってから長らく消えていた闘争心が火神の中で目を覚ます。

——が。

「ムリだと思います」

「うおいっ!!」

間髪いれずに否定した黒子に火神は吼えるが、黒子はやはり涼しい顔で言った。

「潜在能力だけならわかりません。でも今の完成度では彼らの足元にも及ばない。ひとりではムリです……だから、ボクも決めました」

「…………？」

黒子は立ち止まり、火神と正面から向きあった。

「ボクは影だ」

車道を走る車のヘッドライトが黒子を一瞬だけ照らし、すぐに夜の闇に溶け込ませる。

暗い影の中に立つ黒子は、ふと視線を落とし、やがてゆっくりと顔をあげた。

「……でも、影は光が強いほど濃くなり、光の白さを際立たせる。キミという『光』の『影』として、ボクもキミを日本一にする」

「……ハッ、言うね。勝手にしろよ」

「頑張ります」

不敵に笑う火神に黒子は小さく微笑んだ。


新たな『光』と『影』の出会いは、大きな力を生んだ。

無名の新設校だった誠凛高校は、練習試合とはいえ「キセキの世代」の黄瀬涼太を擁する海常（かいじょう）高校に勝利をおさめた。

さらにインターハイ予選トーナメントにおいても快進撃（かいしんげき）をつづけ、毎年東京都（とうきょうと）のインターハイ代表校に選ばれる三大王者のひとつ、正邦（せいほう）高校に勝利。

つづいて戦ったのは、やはり三大王者のひとつ、秀徳（しゅうとく）高校。

秀徳高校には「キセキの世代」緑間真太郎（みどりましんたろう）が進学していたが、火神と黒子の活躍により、激戦の末、勝利をおさめることができた。

結果、誠凛高校はインターハイ予選Aブロックのトーナメントを制し、代表として決勝リーグへ進出。

決勝リーグではB、C、Dブロックの代表校と競（きそ）い、上位三校に入ればインターハイ出場の切符（きっぷ）を得る。

決勝リーグ最初の対戦相手は桐皇（とうおう）学園高校。

これまでにさしたる実績はない高校だが、最近スカウトに力をいれ、なにより今年は「キセキの世代」エース・青峰大輝（だいき）を獲得している。

黒子（影）にとっても、火神（エース）にとっても、因縁（いんねん）深い相手であることには違いない。

そしてこの試合を期に、誠凜高校バスケ部は大きく変わることとなる。

――季節は初夏。


「相変わらずだな、テツ」

歓声に沸く館内で、青峰の声だけが周囲から切り取られたようによく聞こえた。

気だるげで冷たい声に黒子は唇をきつく噛みしめる。

「中学のときと変わってねーわ。ホント全然……」

「…………」

黒子はわずかに顔をしかめ、青峰を残して走りだす。

対桐皇戦。青峰は第二クォーターの終盤から姿を現した。

青峰抜きの桐皇勢にも苦戦を強いられていた誠凜であったが、青峰の登場によりさらに戦況は悪化した。

ボールを手にした青峰と対峙した火神は目をむいた。

右、左と自在にボールを操り、ときにはレッグスルーも織り交ぜ、ときには相手の背後へボールを投げ込み、自ら取りにいくなど、青峰の動きはまるで予想がつかない。

けれど、まったく見たことのないプレイではなかった。

（この型にはまらないトリッキーな動き……アメリカでずっと見てきたストリートのバスケ……！）

驚愕する火神を軽々と抜いた青峰は、ゴールへ進み跳び上がったが、そこには誠凛の選手三人が待っていた。

「させっかぁ！」

シュートを阻もうと三人がいっせいに跳ぶ。六つの手に阻まれ、もはやシュートを撃つスペースはない。

けれど青峰は笑っていた。

シュッ、シュパッ。

阻む三人の前を通り過ぎ、バックボードの裏から放り上げたボールがネットを通過する。

常識外れのシュートに絶句する誠凛勢に反して館内は歓声で盛りあがった。

ドリブルもシュートも、青峰の動きに型はない。それゆえに彼はこう呼ばれる。

DF不可能の点取り屋——アンストッパブルスコアラー。

「キセキの世代」エースの名は伊達ではない。

どんどん開いていく点差を縮めるためには、悪い流れを断ち切り、打開する一手が必要だった。

その一手を託されたのは、黒子。

仲間のアイコンタクト後に回ってきたボールに、黒子は構える。

狙いをさだめ、勢いよく腕を突き出してボールを弾き飛ばす。繰り出したのは、黒子の決め技のひとつ、加速するパス。

いままでも困難な場面に風穴を開けてきた加速するパスはコートを勢いよく縦断。それをゴール下で火神がキャッチし、まずは一ゴール返すという計画だった。

しかし、計画は思わぬ形で崩壊する。

バチィイイ！

甲高(かんだか)い音をたててボールを受け止めたのは、火神ではない。

「オマエのパスを一番取ってきたのは誰だと思ってんだよ？」

秀徳(しゅうとく)の高尾(たかお)でさえ取れなかった高速パスを青峰はやすやすとキャッチしていた。

切り札であったパスを止められ、誠凛に衝撃が走る。

青峰は黒子を冷たく一瞥(いちべつ)すると、すぐさまゴールへと走りだした。

一瞬であったが、黒子には青峰が何を言いたいのか、わかった。

（——マジ、ガッカリだわ）

黒子は歯を食いしばり、青峰を追って駆けだした。

一方、誠凛の選手たちも青峰の進撃を止めようと、その行く手に次々と立ちはだかったが、青峰は得意のチェンジオブペースで、やすやすと抜いていく。ひとり、ふたり、三人……と抜き、青峰はゴール下でシュートに跳び上がった。

そこへ最後のふたり、火神と黒子がブロックに跳ぶ。

絶対に止める。

決死の覚悟で跳んだふたりの手がボールに触れる。

けれど、すべては青峰のほうが勝(まさ)っていた。ふたりの手を弾き飛ばし、青峰はダンクシュートを決めた。

バランスを崩(くず)し、床に落下した黒子を青峰が見下ろした。

コートを天井から煌々(こうこう)と照らすライトは、床(ゆか)に両手をつく黒子に、わずかな影をつくるのみ。

「最後の全中からオマエは何も変わってない。同じってことは成長してねぇってことじゃねぇか」

熱のこもらない声。そこに軽蔑がこめられていることに、黒子は気づいていた。

「オレの勝ちだ、テツ。おまえのバスケじゃ勝てねぇよ」

突き放すように言われた言葉に、黒子は顔をあげられなかった。

桐皇112対誠凛55。

結局、誠凛は最後まで青峰の進撃を止めることはできず、またエース火神の足の故障もあり、ダブルスコアの惨敗(ざんぱい)となった。

この敗北は誠凛に大きな爪痕(つめあと)を残した。

とくに火神と黒子には響き、ふたりの関係性にも影響が及んだ。

試合後、ロッカールームで座ったまま動かない黒子に火神は言った。

「なぁ、これが限界なのかもな。……正直、もっとやれると思ってた。けど、このザマだ」

「…………」

「圧倒的な力の前では、力をあわせるだけじゃ……勝てねーんじゃねーのか」

そう言うと、火神は黒子を残し、出ていった。

突きつけられた決別。

見返せなかった現実。

黒子の中でいろいろなものが揺(ゆ)らいだ。

桐皇戦以降の二試合も誠凛は全力で戦った。

しかし、火神の欠場とチームの不協和音。そして黒子の突然の不調――今までチームを何度も救ったパスはミスを連発し、見る影もなかった。

満身創痍で戦うも勝利を得ること叶わず、誠凛のインターハイへの挑戦は終わった。


だが、全てが終わったわけではない。

終わるということは同時に始まりを意味する。

――新しい挑戦へ。


夏。

長く空にあった太陽が沈み、薄闇がようやく顔を出したころ、黒子は火神が自主練をしている公園を訪れていた。

火神と正面から向きあうのは、彼が決別の言葉を口にしてからはじめてのことだった。

学校で話す機会はなかったし、部活においては火神自身から「オレにパスはしなくていい」とまで言われていたので、なおさら話す機会も、それこそ目をあわすこともなかった。

火神と向きあう黒子はいつものように無表情であったが、ここしばらくあった悩みの影は消えていた。

黒子が口を開く。

「日向(ひゅうが)先輩が教えてくれました」

「…………」

「あの言葉の真意は決別じゃなく、お互い一度頼(たよ)ることをやめてより強くなるため。より大きな力をあわせて勝つために」


公園に来る前、黒子は主将(キャプテン)である日向順平(じゅんぺい)の元へ行っていた。

自分をスタメンから外してもらうためだった。

インターハイ予選でミスを連発し、エースからも信頼されない自分に居場所はないと思ったのだ。

もちろん、日向は黒子の申し出をはね除(の)けた。それでも納得しない様子の黒子に日向は言った。

「けど、どうしてもダメなら、火神ぐらいには言っとけよ」

「……え？」

「あいつはおまえのこと、信じてたからな」

信じている？　パスももういらないとまで言われたのに？

戸惑う黒子に日向は「どんだけ不器用なんだ、あいつは……言い方とかよ」と溜息をつき、話してくれた。

火神が日向に語った、黒子を避けている理由を。

『いままで黒子に助けられっぱなしだったんで、しばらく距離とりたいんす。黒子があのまま終わるはずないんで。それまでにオレ自身少しでも強くなりたいんす』

力をあわせるまえに、まずは個人の能力を伸ばしたい。

敗北を糧に火神はすでに動きだしていたのだ。次の大会――ウインターカップで黒子と一緒に戦い、勝つために。

〝一緒に戦い、勝つ〟

火神にとってごく自然で当たり前のことが、どれだけ黒子の胸を熱くさせたかを、火神は知らない。そしてこの信頼が、黒子に大きな賭(か)けともいえる決断をさせる力となったのは確かだ。


公園の照明に照らされ、足下に大きな影をつくった黒子は、はっきりと言った。

「ボクはもう帝光中六人目(シックスマン)、黒子テツヤじゃない。誠凛高校一年、黒子テツヤです」

帝光中時代に創ったパスに特化した専門型選手(スペシャリスト)では、周りが強くなるのを期待して待つしかできない。けれどそれでは誠凛で一緒に戦う意味がない。

ならばこのスタイルを捨てて、新たなスタイルを創る。

もちろん、新しいスタイルの手がかりもなにも、まだ見あたらない。けれど、信頼する仲間のために、黒子は決めた。

「ボク自身がもっと強くなりたいんです」

強く言いきる黒子に、火神はようやくニッと笑った。

「バーカ、トロいこと言ってんなよ。オレも強くなる。のんびりしてたら、おいてっちまうぞ」

と言うと、火神は黒子に握った拳を突き出した。力強く、信頼をこめて。

「とっとと強くなりやがれ。そんで冬に見せつけろ、新生黒子のバスケを」

挑発するように笑う火神に黒子は微笑み、拳をコツンとあわせた。


盛夏は熱かった。

夏休みに行われた二度の強化合宿。そのうちひとつでは、偶然にも合宿所が一緒だった秀徳高校と急遽合同練習が行われた。

強豪校との合同練習は実に刺激的であった。

チーム一丸となって勝利するために、個人能力の向上を第一に掲げていた誠凛にとって、各自の問題点や伸ばすべき点を浮き彫りにする絶好の機会となったのだ。

もちろん、こちらの手の内を秀徳に見せることにもなったが、得たものは多い。

各自が積極的に己と向きあい、技を磨いているうちに月日は流れ、秋になった。

秋となれば、ウインターカップの予選がはじまる。

東京都のウインターカップ予選は、インターハイ予選トーナメントの各ブロック上位二校、計八校で争われる。

八校を決勝リーグに進む四校に絞る初戦では、インターハイ予選六位の丞成高校を78対61でくだし、快調なスタートを切った。

決勝リーグでも誠凛は攻めつづけた。

対　泉真館戦、78対61で勝利。

対　秀徳戦、104対104で引き分け。

対　霧崎第一戦、76対70で勝利。

決勝リーグ二勝一引き分け。誠凛はウインターカップへの切符を手に入れる。

だがこれで終わりではない。

むしろ誠凛勝利の報せを聞き、他エリアでウインターカップ出場を確定させていた「キセキの世代」の面々は早くも闘志を燃やしはじめた。

なぜなら特別枠（わく）が設置され出場校が増えた本大会では、同率の秀徳高校もウインターカップへの出場権を得ている。

また同じ東京の桐皇は、インターハイ準優勝の特別枠ですでに出場を決めていた。

つまり「幻の六人目（シックスマン）」を含め、帝光の天才全員がウインターカップに出そろうこととなったのだ。

「ドキドキして、震えが止まりません」

「それが武者震い（むしゃぶるい）っつーんだろが！」

誠凜の影（黒子）と光（火神）が挑（いど）む、「キセキの世代」たちとの全面戦争。


誰もが波乱を予感しながら秋が過ぎ。

冬が、やってくる。

「やっぱ……ダメだわ」

沈んだ声だった。

瞳(ひとみ)を暗い絶望の色に染めて、青峰は黒子の脇(わき)を駆け抜けていく。

「オレに勝てるのは、オレだけだ」

すべてを拒絶する相棒の背中を、黒子は愕然(がくぜん)と見つめるしかなかった。

あわさることのなかった拳を抱(かか)えたまま。


その仕草は信頼の証。

バスケの楽しさを分かちあう行為。

だが、才能という壁に断絶されたふたりが分かちあうものは、もはやなにもない。

帝光中学バスケットボール部。
その輝かしい歴史のなかでも、
十年にひとりの天才が五人同時にいた――「キセキの世代」。

黄瀬涼太。
緑間真太郎。
青峰大輝。
紫原　敦。
赤司征十郎。

そして、彼らを脅かす誠凛高校の影と、光。

邂逅

Encounter

THE BASKETBALL WHICH KUROKO PLAYS.

WINTER CUP Highlights vol. 1

高校バスケットボール三大大会。

すなわち、夏のインターハイ。秋の国体。冬のウインターカップ。

少し前まで、最大のタイトルは夏だった。だが、冬の規模も年々拡大され、今や夏と同等、あるいはそれ以上となった最大最後のタイトル。

それがウインターカップである。

年の瀬せまる某日、東京のとある体育館ではその開会式が行われていた。

全国各地の予選を勝ち抜いた強豪校が勢揃いする中に、彼らの姿があった。

創部二年目にしてウインターカップ出場という快挙をなしとげた誠凛高校バスケットボール部のメンバーである。

登録選手は総勢十一名。

背番号4　日向順平　SG〔シューティングガード〕

背番号5　伊月（いづき）俊（しゅん）　PG〔ポイントガード〕
背番号6　小金井（こがねい）慎二（しんじ）　SF〔スモールフォワード〕
背番号7　木吉（きよし）鉄平（てっぺい）　C〔センター〕
背番号8　水戸部（みとべ）凛之助（りんのすけ）　C〔センター〕
背番号9　土田（つちだ）聡史（さとし）　PF〔パワーフォワード〕
背番号12　降旗（ふりはた）光樹（こうき）　PG〔ポイントガード〕
背番号13　福田（ふくだ）寛（ひろし）　C〔センター〕
背番号15　河原（かわはら）浩一（こういち）　SF〔スモールフォワード〕

開会式に臨（のぞ）んだのはこの九名……のように見えるが、よくよく見直せばもうひとり、選手の姿を見つけることができる。

背番号11　黒子（くろこ）テツヤ

彼にバスケ特有のポジションは存在しない。既存（きぞん）のプレイヤーとは違い、パスに特化した選手なのだ。チームアシストを第一とする彼は誠凛のまさに「影」。

そして彼を「影」とするならば、「光」と呼ぶべき選手も存在する。

背番号10　火神大我　PF〔パワーフォワード〕
「キセキの世代」に迫る才能を開花させつつある若き獅子、誠凛のエース。
黒子と力をあわせ、高めあうことでチームを勝利へと何度も導いてきた要の選手である。
しかし、開会式に火神の姿はなかった。

「なっにっをっ！　やっとんじゃ、あのバカガミは――！」

開会式を終えた体育館の片隅で、誠凛高校のカントク、相田リコが怒りの咆哮をあげる。

「なんか時差のこと忘れてたみたいで……もうすぐ着くそうです」

火神からメールをもらった福田が、ややげんなりした様子で日向に報告すると、日向も「まったく……」と呆れ顔で溜息をついた。

火神はウインターカップ前の一か月弱、アメリカで過ごした。彼のバスケの師匠に再度師事し、鍛え直してもらったのだ。

ある意味、『修業』のためにわざわざ海を渡ったわけだから文句はない。しかし、開会式が終わればすぐに第一試合がはじまるのだ。大事な試合にエース不在では話にならない。

やれやれ……と一同が肩を落としていると、「すみません」と携帯電話を片手に黒子が言った。

「ちょっと外(はず)していいですか？」

「え？」

日向が驚く隣で、リコがにっこりと笑顔をうかべる。

「だ・か・ら……すぐフラフラどっか行くなっつってんでしょーが……！」

笑顔とは裏腹に怒りのオーラを振りまき、さらにはどこから取り出したのかハリセンを握りしめて近づいてくるリコに、黒子は思わず後ずさった。

「いや、その……ちょっと呼び出しが……」

「呼び出し？」

木吉が尋(たず)ねると黒子はこくりと頷(うなず)いた。

「赤司(あかし)君に会ってきます」

「！」

赤司征十郎（せいじゅうろう）。「キセキの世代」の主将（キャプテン）。現在は洛山（らくざん）高校の主将（キャプテン）だ。

意外な名前の登場に、一同の顔に緊張が走る。

「……わかったわ。午後から試合だから、それまでには絶対戻りなさいよ」

怒りをおさめたリコが落ち着いた表情で言うと、黒子は「はい」とこたえて歩きだした。

「……降旗君、ちょっとやっぱりついていってくれる？」

「あ、はい！」

リコに頼まれ、降旗が小走りで黒子を追いかける。

ふたりが廊下を曲がり見えなくなるまで、リコたちは黙って見送った。


呼び出された場所は体育館外の階段。黒子たちが赴（おもむ）いたときには、すでに四人の先客の姿があった。

「なんだァ、テツ。お守りつきかよ」

「峰ちんにもさっちんがいるじゃん」

「つーか、緑間っち。なんでハサミ持ち歩いてるんスか？」

「ラッキーアイテムに決まっているだろう、バカめ」

ある者は階段に腰かけ、ある者は板チョコを片手にと、それぞれ思い思いの態度で待つ彼らに黒子が声をかける。

「お待たせしました」

待っていた四人の視線が揃って向けられた。

黒子のうしろについてきた降旗は息を呑む。

桐皇の青峰、陽泉の紫原、海常の黄瀬、秀徳の緑間。

「キセキの世代」が四人も揃っているのだ。圧倒されて言葉も出ない。

（マジかよ、やっべ……うわコエー！　帰りてぇ——!!）

声が出ないぶん、心の中で叫び、思わず涙目になる降旗。

それでも黒子を残して帰るわけにはいかない。ぐっと歯を噛みしめて立っていると、新

たな声が聞こえた。

「すまない、待たせたね」

「……赤司君」

「えっ!?」

黒子の声に降旗は顔をあげる。見つけたのは、階段上方の踊り場に立つ人影。

(あれが「キセキの世代」の主将(キャプテン)……!?)

降旗は意外さに目を瞬(しばた)いた。逆光のせいで顔はよく見えないが、他の「キセキの世代」に比(くら)べればずいぶんと小柄(こがら)だ。

「大輝(だいき)、涼太(りょうた)、真太郎(しんたろう)、敦(あつし)、そしてテツヤ……。また会えて嬉(うれ)しいよ。こうやって全員揃うことができたのは実に感慨深(かんがいぶか)いね。ただ……」

静かに話しはじめた赤司の視線が黒子の上を通過し、降旗に止まった。

「場違いな人が混じってるね。いま僕が話したいのはかつての仲間だけだ。悪いが帰ってもらっていいかな?」

赤司の言葉は丁寧(ていねい)だった。だが、その声には有無(うむ)を言わさぬ凄(すご)みがある。命令することに慣れた王者の声に、降旗の身体(からだ)は震えを通り越して硬直した。

「降旗君……」

固まったまま動けずにいる降旗を心配して黒子が振り向いたとき、降旗の肩をぐっと摑(つか)む手があった。

「なんだよ、つれねーな。仲間(なかま)外(はず)れにすんなよ」

降旗が弾(はじ)かれたように振り返る。

そこには挑戦的な笑(え)みを浮かべた火神が立っていた。

「火神!!」

「ただいま。話はアトでな。とりあえず……あんたが赤司か。会えて嬉しいぜ」

火神は黒子たちの前に進み、階段の踊り場に立つ赤司を見つめた。

挑(いど)むように見あげてくる火神を赤司はじっと見つめ返していたが、やがてゆっくりと階段をおり、緑間へと手を差し出した。

「真太郎。ちょっとそのハサミ、借りてもいいかな？」

「？　何に使うのだよ？」

「髪がちょっとうっとうしくてね。少し切りたいと思っていたんだ」

訝しむ緑間からハサミを受け取った赤司は、そのまま静かに火神の前に立った。

「まぁ、その前に……火神君、だよね？」

「？」

突然名前を呼ばれ、火神が眉をひそめた、次の瞬間。

ビュッ。

「なっ⁉」

火神がそれを避けられたのはまさに咄嗟の判断が間にあったにすぎなかった。

「……へぇ、よく避けたね」

火神の横顔を僅かに掠めたハサミを引き戻しながら、赤司が感心したように言う。

（ちょっ、ウソだろ⁉　今……本気だった……‼）

降旗の背筋に冷たいものがつたっていく。

信じがたいことだが、赤司は火神の顔に向かってハサミの刃を突き出したのだ。さらに信じがたいことに、その行為にいっさいのためらいは感じられなかった。

「今の身のこなしに免じて今回だけは許すよ。ただし次はない。僕が帰れと言ったら帰れ」

凍りついた空気の中、赤司は平然とハサミを己の前髪に当てた。

ジョキ……ジョキ……。

前髪を切り落とす音が奇妙に響く。

「この世は勝利がすべてだ。勝者はすべてが肯定され敗者はすべて否定される。僕は今まであらゆることで負けたことがないし、この先もない。すべてに勝つ僕はすべて正しい」

前髪を切る音が止まった。

ハサミを下ろし、赤司は僅かに口角をあげて微笑んだ。

「僕に逆らう奴は、親でも許さない」

「……！」

短くなった前髪の下で輝く両目に射貫かれ、火神はごくりと息を呑んだ。

彼の野生の勘は相手がただならぬ者であることを告げている。

火神の表情から彼が理解したことを察した赤司は満足げに一同の顔を見渡し、ゆっくりと踵を返した。

「じゃあ、行くよ。今日のところは挨拶だけだ」

「はぁ⁉　ふざけんなよ、赤司！」

声をあげたのは青峰だった。バッと立ちあがり、赤司に詰め寄る。

「それだけのために、わざわざ呼んだのか⁉」

「いや……本当は確認するつもりだったけど、みんなの顔を見て必要ないとわかった。全員、あのときの誓いは忘れてないようだからな」

赤司の言葉に「キセキの世代」たちの顔色が変わった。

表情の奥に秘められていた闘志がするりと顔を出す。

ひと言で場の空気を変えてしまった赤司は、ゆっくりと微笑んだ。

「次は戦うときに会おう」

かつての仲間たちに背を向けた赤司は自然と笑みを深めた。

彼は充分に満足していた。

仲間たちの闘志も当然のことながら、感情を隠すことに長けた幻の六人目の瞳にも、隠しきれない闘志が静かに揺れているのを見られたのだから。

第一試合のコートに誠凛メンバーが足を踏み入れると観客席から声援と歓声があがった。

「おおお、出てきたぞ！」

「ガンバレよ、誠凛〜〜〜！」

思いがけない歓声に一年生トリオは思わず観客席を見あげた。

まだ初日だというのに客席はほぼ満員である。

「ちょっ、スゴ！　今までとは声援が全然違うってゆーか……」

「オレらってもしかして人気あったの⁉」

興奮気味(ぎみ)に話す河原と降旗に、日向が呆(あき)れたように言った。

「だアホ！　そんなわけないだろ！」

「え？」

「がんばれの意味もたぶんちょっと違うよ」

伊月が少し溜息をつく。やはり意味がわからない降旗たちが揃って首をかしげると、

「残念ながらほとんどの観客のお目当ては——相手のほうだ」

木吉がすいっと反対側の誰もいないベンチへ目を向けたとき、大歓声が体育館に響きわたった。

「うおー、来たぞ！」

「今日は何点取るんだ！」

誠凛のときとは比べものにならないほどの歓声が、観客の目的が彼らだったことを教えてくれる。

体育館を震わせるほどの声援に迎えられながら、彼らはコートへと姿を現した。

「新鋭の暴君、桐皇学園！」

桐皇学園のトレードマークである黒いジャージに身を包んだ選手たちは大歓声を気にする様子もなく、むしろ当然のように聞き流してベンチへと向かっていく。

そんな彼らの中で一際注目を集める選手がいた。

「『キセキの世代』天才スコアラー青峰大輝だ！」

今日はどんなトリッキーなプレイを見せてくれるのか。何点差をつけて勝利するのか。

観客たちの期待を一身に集める青峰だが、本人はどこかつまらなさそうな表情だ。

その表情がはじめて揺れたのは、試合開始の直前。両チームがコートに整列しはじめたときだった。

「……よう」

「あ？」

近づいてきた火神に声をかけられ、顔をあげた青峰はわずかに目を瞠(みは)った。

青峰を見つめ返す火神は不敵(ふてき)な笑みを浮かべている。

開会式直後の赤司との遭遇(そうぐう)による動揺からきちんと気持ちを切り替え、今は青峰との対戦だけに集中しているのが、火神の表情から見て取れた。

青峰(勝者)に挑(いど)み、勝つ。

混じりけのない純粋な闘争心と静かな自信が瞳に宿っている。

「……ふーん。ちょっとはマシになったみてーだな」

「あー、まあな」

ニヤリと笑みを返す火神の背に、人影が立った。
黒子だ。
気づいた青峰が黒子を見つめる。
ゆっくりと顔をあげる黒子の脳裏(のうり)には、いくつものシーンが浮かんでいた。
火神と共に青峰に挑み、ダブルスコアで負けたこと。
青峰に自分(黒子)のバスケでは勝てないと言われたこと。
桃井(ももい)に青峰に勝つと約束したこと。
そして、中学時代に何度もあわせた拳(こぶし)のこと……。
「今度はもう絶対に負けません……！」
顔をあげ、まっすぐな眼差(まなざ)しを青峰に向けて黒子は強く宣言する。
迷いも疑いもない、かつての相棒の言葉に青峰はようやく小さく笑った。
「ああ……いいぜ。じゃあ、今度こそつけようか。本当の決着を……！」
かつての「光」と新たな「光」と、「影」。
因縁(いんねん)の戦いがいよいよ始まる。

Tip off

VS.桐皇

開戦

THE BASKETBALL
WHICH KUROKO PLAYS.

WINTER CUP Highlights

vol. 1

「それではこれより、誠凛(せいりん)高校対桐皇(とうおう)学園高校の試合をはじめます」
「よろしくお願いします！」

審判の宣言に各校の選手が声をあわせて応(こた)える。
桐皇のスターティングメンバーは、
背番号４　今吉翔一(いまよししょういち)　ＰＧ〔ポイントガード〕
背番号６　若松孝輔(わかまつこうすけ)　Ｃ〔センター〕
背番号７　諏佐佳典(すさよしのり)　ＳＦ〔スモールフォワード〕
背番号９　桜井良(さくらいりょう)　ＳＧ〔シューティングガード〕
背番号５　青峰大輝(あおみねだいき)　ＰＦ〔パワーフォワード〕
以前、誠凛と戦ったときと同じ顔ぶれである。
（まさに鉄壁のメンバーってわけね）

ベンチで見守るリコは視線を桐皇から誠凛へと移した。

誠凛のスターティングメンバーは、日向、木吉、伊月、火神、黒子。いま考えうる最高のメンバーだ。

試合開始前、リコは僅かだが懸念していたことがあった。

大勢の観客に囲まれたいつもとは違う環境、はじめての全国大会に、選手たちが呑まれてしまわないかということだ。

しかし、それは杞憂であった。

コートに散らばる日向たちに気後れしている様子はない。

（いいカンジに集中してる……。まったく、今日に限ってやたら頼もしいんだから）

リコはぐっと口元を引き締めた。

あとは彼らを信頼し、任せるのみだ。

（頼んだわよ、みんな……！　最初が肝心だからね……）

リコが見つめる先で、審判がボールを高く放りあげた。

「試合開始！」

落下するボールに手を伸ばすのは、同時に跳び上がった若松と木吉。

ジャンプボールを制したのは木吉だった。

バッ!

木吉の大きな手がボールを弾き、伊月が両手でキャッチする。それを合図にして、日向たちは一斉に走りだした。

『最初が肝心よ!』

ドリブルで攻め上がる伊月の脳裏に、試合前に言われたリコの言葉が蘇る。

『相手はインターハイ準優勝。しかもわたしたちはダブルスコアで負けてるわ。力の差は歴然……。だからこそナメてかかってくるようなら遠慮はいらない。初っ端カマして主導権とれ!』

速攻をしかけてまずはワンゴール。

作戦通りに走る伊月だったが、その進撃は相手陣営のフリースローライン付近で留まることとなった。

「ぐっ……!」

伊月の前には、まるでそうなることを知っていたかのように今吉が立ちふさがっていた。同じように木吉には若松が、日向には桜井がつき、プレッシャーをかけてくる。

まるで終盤の勝負どころのような圧力の前にボールをキープするのがやっとだ。

「伊月！」

一瞬の隙をつき、日向が桜井のガードを振りきって伊月へと走る。伊月も素早くボールを日向へと回すが、すかさず伸びてきた今吉の手がボールを弾いた。

「スティール！」

今吉のプレイに観客から歓声があがる。

軌道を変えたボールを拾ったのは桜井だった。桜井はすぐさまロングシュートを撃とうと構える。

「させるか！」

桜井の前に回った日向が大きく伸び上がる。まさに絶妙なタイミングだ。コースを邪魔された桜井はシュートを撃てない……はずが、彼は怯むことなく日向の手の届かない高さへボールを放つ。

「なっ⁉」

ボールはゴールネットではなく、バックボードの隅へと飛んでいく。

（シュートじゃない……⁉　これは……！）

はっとする日向の視界の隅でダンッと素早く動く影があった。そして次の瞬間、
ダンッッ‼

飛んできたボールを叩きつけるようにゴールに押しこみ、青峰がダンクを決めた。

「アリウープ‼」

試合開始直後に決まった華麗なダンクに客席から会場を轟かすような歓声があがる。

「あん？　今来たのか。ずいぶんゆっくりだな」

着地した青峰が走ってきた火神に嘲るように言うが、火神は何も言い返せない。

それだけ見事な電光石火のゴールだった。

「やられた……」

誠凛ベンチに座るリコはくっと唇を嚙みしめるが、その瞳は楽しげに輝いている。

「けど、想定外じゃないわ。シメてかかられるようなら予定通り……黒子君の編み出した

SEIRIN

改良型加速(イグナイト)するパスで……強襲(きょうしゅうツー)2よ!!」

リコがニッと不敵に口の端(はし)をあげる。その視線の先では、伊月から黒子へとパスがまさに回ったところだった。

ふわりと飛んだボールを前に、黒子が右半身を引いて構える。その仕草(しぐさ)に、ディフェンスに走っていた桐皇勢は驚いて目を瞠(みは)った。

なぜなら、ボールが回った瞬間、黒子をガードしようと前に出たのは青峰だったからだ。

手の内を知(し)り尽(つ)くされている以上、黒子は青峰の前でいかなるパスも通すことはできない――なのに黒子は迷うことなく、パスを出そうとしている。

(どういうつもりだ……!?　このフォームは加速(イグナイト)するパス!?)

何度も止めたパスをいまさら?　と訝(いぶか)しむ青峰の心を察した黒子が「いいえ」と応える。

「少し違います……加速(イグナイト)するパス・廻(カイ)!」

言葉と共に黒子は足を力強く踏み込み、利(き)き腕(うで)をボールへと突き出した。

ギュウウウンッ!!

回転がかかったボールが空間を切り裂く弾丸(だんがん)のように進む。

「っ!!」

咄嗟に青峰がボールへと手を伸ばす。が、エネルギーの塊と化したかのようなボールはたやすく青峰の手を弾き、そのままその後方へと飛んだ。

「うぉぉぉぉぉ!」

コートを縦断したボールをキャッチしたのは木吉であった。気合いと共にボールを手にした木吉は、そのままゴールへと跳び上がる。

「させっかよっ!」

だがさすがは桐皇である。黒子の新たなパスに圧倒されたのは一瞬のこと、すぐさま若松がブロックに飛び、木吉の手中にあるボールを弾こうと手を伸ばした。

その指先がボールに触れる直前、木吉はひょいとボールを一度下げて後方へ放りあげた。

(パス!? 今、途中まで完全にダンクに行く流れだったろーが!)

若松は歯がみする。知っていたとしても防ぎようがない、これこそが『無冠の五将』のひとり『鉄心・木吉鉄平』が得意とする『後出しの権利』。

そして、木吉がふわりと飛ばしたボールを空中で受け止めたのは火神であった。

ダンッッ!

火神の手で力強いダンクが決まる。

「よっしゃっ!　アリウープ!」

誠凛ベンチで小金井(こがねい)がぎゅっと拳(こぶし)を握(にぎ)った。

場内も誠凛の反撃に沸(わ)き立(た)つ。アリウープを決め返したこともすごいが、その前に黒子が出した、見たこともないパスに騒然(そうぜん)となった。

「ありゃいったい……?」

観客席の一角で観戦していた秀徳(しゅうとく)の高尾(たかお)も驚きを隠せないように呟(つぶや)いた。

「おそらく秘密はあの回転なのだよ」

隣に座っていた緑間(みどりま)が冷静な声で解析する。

「拳銃の弾は回転することで弾道(だんどう)を安定させ、貫通力(かんつうりょく)を高めている。同じように黒子も全身のねじりをボールに伝えることで飛躍的に威力を高めたのだよ」

結果、黒子のパスを取り慣れてきた青峰でさえキャッチできないパスとなったという。

青峰は微(かす)かにじんじんと痛む手を握りしめてふっと笑うと、黒子を見やった。

「なるほどな……。ちったぁ楽しめるようになったじゃねーか、テツ」

「前と同じと思われたら心外（しんがい）です」

ふたりはすれ違うようにしてコートを駆けた。

「よぉし、いけるぞ！」

「このまま勢いに乗って……！」

誠凛ベンチは強襲の成功に沸き、応援に熱が入る。

それが聞こえたのか、コート上の今吉がにんまりと笑（え）みを浮かべた。

「そんなあせらんでくれや。まだ始まったばっかやで」

今吉の言葉通り、桐皇勢は淡々（たんたん）とゲームを進めた。

黒子と諏佐の高さの差を突いたパス回しとシュート。

ゴール下では、リバウンドに若松が勢いのよさを見せ、ボールが外へ回れば桜井がクイックシュートを決める。すべてがうまく噛みあい、次々と点を稼（かせ）いでいく。

「まだ何か仕掛（しか）けてくれたほうがマシだったな、誠凛にとっては」

そう評価したのは、海常（かいじょう）の主将（キャプテン）、笠松幸男（かさまつゆきお）だった。

隣に並び、眺めていた黄瀬が「？」と振り向くと、笠松はコートを見つめたまま続けた。

「黒子のパスで動じるどころかムキになる様子もない。ただ桐皇が、いつも通りにバスケをしているだけだ。だからこそ逆につけいるスキがない。つまり出ているのは単純に実力差、格の違いだ」

だからこそ、何も手を打たなければ差がつく一方である。

（どう突破口を開く、誠凛……⁉）

黄瀬が複雑な思いでコートを眺めていると、まさにその突破口を開かんと、ある選手が動いた。

「‼」

コートを見つめていた誰もが息を呑む。

ボールを持った火神が対峙した相手は、青峰。

火神と青峰の一対一。

「…………」

「…………」

ふたりは黙って睨（にら）みあう。

異常なほど張り詰めた緊張感に会場から音が消えた。

微動だにしないふたりとは対照的に、残り時間は刻一刻（こくいっこく）と減っていく。

ボールを持ったプレイヤーの制限時間五秒に迫ろうとしたとき。

火神が動いた。

ふっと肩の力を抜き、ボールを伊月へと回す。

「ふー、だーめだ……！」

「あ？」

青峰は苛立（いらだ）ちの眼差（まなざ）しで、勝負を挑（いど）んでおきながら回避した火神を睨む。だが、火神の顔に浮かぶ表情にふと眉（まゆ）をひそめた。

「ムカつくけど、勝てねーわ。今はまだ」

勝てない。口ではそう言いながらも、火神の表情に諦（あきら）めはない。

青峰の強さを目の当（ま あ）たりにして戦うことを放棄（ほうき）してきた多くの選手たちとは違う熱が、火神の言葉にも、身体（からだ）にも宿っている。

「…………」

走り去る火神の背中を睨む青峰の頭上で、タイムアウトのブザーが鳴った。

ベンチに戻った火神に小金井が労(ねぎら)いの言葉をかけた。

「いやー、よく戻したな、火神」

「あそこで、もし負けてたらシャレにならなかったぞ」

土田(つちだ)もほっとした様子で言う。

傍目(はため)にはエース対決から火神が逃げたように見えるシーンであったが、当事者の間で行われていたのは高次元の駆け引き——互いの手を読みあった限りなくリアルなシミュレーションであった。

これは相手の力量を正確に捉(とら)える実力があってこそできることであり、また試合中の一対一(ワンオンワン)は実力だけでなく状況も大きく関係する。

それらすべてを踏まえて火神は自らの敗北を察知し、勝負を避けた。結果、ターンオーバーからの失点という最悪の事態を未然に防いだのである。

「とはいえ、戦況が依然厳しいことに変わりはない」

ドリンクを口に含み、伊月が神妙な顔つきで言うと、同意するように木吉が頷いた。

「黒子の新しいパスも身体への負担が大きいからバカスカ使えない。なにより、青峰相手に連発は危険だ」

一同が難しい表情で思案するなか、日向がぽきっと首を鳴らした。

「……よし、じゃあとりあえずオレが外から一本とるわ。伊月パスくれ」

「え？」

その一本が難しいというのに、やけに軽い調子で言う日向に一年生たちは唖然と目を丸くする。

「桐皇のディフェンスは現状、中が固いから、もう少し外に気を向けさせる。とりあえず、そっからもう一度組み立てよう」

と言って立ち上がった日向にやはり気負った様子はない。

一年生たちが驚くなか、リコはニッと笑った。

「……オーケー。頼んだわよ、日向君」

「おー」

ブザーが鳴り、軽く腕を回しながらコートへと戻る日向を、戸惑いつつ見送っていた河原がこそっと小金井に尋ねた。

「大丈夫ですか、主将。なんかユルイっていうか……」

「なに言ってんだよー、むしろ逆じゃん」

「え？」

驚く河原に小金井は、にぱっと笑い、信頼の眼差しをコートへ向ける。

「自信があるからこそのセリフだろ？」

ゲームは誠凛ボールで再開された。

ドリブルで攻め上がっていた伊月が、ブレーキをかけると同時にパスを出す。

相手は日向。ボールをキャッチした日向の前に、桜井がすかさず入って睨みをきかす。

（この人のスリーポイントは要注意だ。けど、速さはそれほどじゃない！　距離は空けずに……）

手を広げ、距離をつめる桜井に日向が低くひとこと。

「いいのか？　そんなに遠くて」

「え？」

桜井としては意識して距離をつめたはずだった。だが次の瞬間、日向の身体が音もなくぐぐっと後方へ退いた。

（と、遠——っ⁉）

シュパッ！

驚愕に目を丸くする桜井の前で、日向は悠々とシュートを撃つ。

力強い弧を描いたシュートは見事ネットを揺らした。

（今のはステップバックしてジャンプシュート⁉　……にしては速すぎる！）

何が起きたのか理解できず、愕然としてゴールを見つめる桜井に日向が重ねて言った。

「成長したのは一年だけじゃねーぞ、あやまりキノコ」

「⁉」

あやまりキノコって……と、さらに混乱して言葉をなくす桜井を残し、不遜（ふそん）な表情で駆け去っていく日向の新しい技（わざ）の名は、不可侵のシュート（バリアジャンパー）。

ウインターカップ前の一か月、リコの父親、相田景虎（あいだかげとら）のスパルタ指導によって体得（たいとく）した技である。

タイムアウト時の宣言通り、日向は不可侵のシュート（バリアジャンパー）によって次々と得点を重ねた。

「またやっかいな技を身につけてきたやんけ」

日向の快進撃に今吉が苦笑（くしょう）する。だが、このままやられっぱなしで黙っているようでは、桐皇でスタメンは務（つと）まらない。

「大丈夫か、桜井。ヘルプつくか?」

諏佐の声が聞こえ、今吉がちらりと視線を向ける。

いつもであれば、先輩の諏佐に声をかけられたら低姿勢で謝り返（あやまりかえ）すのが桜井だ。

だが、このときは違った。

「……いえ、大丈夫です。……ボクひとりで」

振り返りもせずに答え、どこか思い詰めたような顔で走り去る桜井の様子に今吉は笑みを深める。

次に今吉がボールを持ったとき、彼は迷わず桜井へボールを回した。

キュキュッ！

ボールキープの桜井に日向がぴったりとつき、プレッシャーをかける。客席から称えるたた
声があがるほどのディフェンスだった。

「よこせ、桜井！」

見かねた諏佐が走り、手をあげる。だが、桜井は応じなかった。

「ふっ……！」

短く息を吐き……跳び上がってシュートを撃つ。

プレッシャーに負けて強引にごういん撃ったように見えたそれは、確かな弧を描いてゴールへ飛
び、ネットを揺らした。

見事なクイックシュートに会場がどっと沸いた。

シュートを防げず、日向は悔くやしげに息をつく。そんな彼に、桜井は言った。

「勝つのはボクです」

「は？」

突然の勝利宣言に、日向は眉根を寄せる。だが、続く桜井の言葉に、日向の眉間の皺はさらに深まることとなる。

「だって、ボクのほうがうまいもん」

「は⁉」

ぶーっと口を尖らせた桜井は、ふんっと身を返して走り去っていく。ぽつんと残された日向は近づいてきた伊月に言った。

「伊月……パス、よこせ。ガンガン」

「いいけど……またずいぶん燃えてんな？」

苦笑混じりの返事に、日向は「ああ……」と低く呟き、額にピシッと青筋を浮かべた。

「単純にアイツ、ウゼェ！　もんっじゃねーよ、もんっじゃ‼」

互いの闘争心に火をつけあったシューターたちは、己の力を見せつけるようにスリーポイントシュートを決め続けた。

両者一歩も譲らないシュートの応酬に、観戦していた黄瀬は思わず苦笑いを浮かべる。

「またずいぶん大味な展開になってきたっスね」

「褒められた戦法じゃねぇが誠凛としても桐皇としても引いたら負けだ。それは両者ともわかっている」

コートの選手たちを見つめたまま笠松が言った。いまもまた、ボールはシューターへと回ろうとしている。

「意地は張り通してこそ意地だ」

そしてこの意地は第一クォーター終盤まで張り通された。

タイマーが残り五秒となったとき、スコアボードは誠凛19対桐皇22。日向の猛追により、点数は肉迫したものの、勝負はこのまま桐皇リードで終了と思われた、そのとき。

「いいえ、まだです」

木吉のすばやいスローインをキャッチしたのは——黒子。

「！」

黒子に振り向いた青峰は目を剝く。

同じように桐皇ベンチにいたマネージャーの桃井さつきも息をつめた。

黒子がボールをキャッチする姿は、かつての彼をよく知るふたりにとって特異な光景であった。

そして黒子のドリブルが意味することと言えば――。

「消える(バニシング)ドライブ……！」

ガードについていた諏佐は大きく目を見開いた。確実に捉えていたはずの黒子の姿が一瞬にして消えたのだ。舌打ちをしたい思いで振り返れば、黒子の姿は自分の背後にあり、ゴールへと走っている。

「っのやろ！」

すかさず若松が黒子の前へ躍(おど)り出(で)るが、それより一瞬早く、ノールックのバックパスでボールは日向へと渡る。

シュパッ！

日向の放ったボールがネットを揺らしたのと同時に、第一クォーター終了のブザーが鳴った。

誠凛22対桐皇22。

まさかのブザービーター、まさかの同点に会場から歓声があがる。

試合の流れはいまや誠凛に味方しているように観客の目には映った。

しかし、桐皇勢に焦りはなかった。

「諏佐、どうやった？」

ベンチへと歩きながら、今吉が確認するように諏佐に尋ねる。

「ああ……やはり桃井の言った通りだ」

「……決まりやな」

今吉は笑みを深める。

ブザービーターの失点など気にするほどのことではない。むしろ噂のドライブを目の当たりにできたことのほうが収穫として大きい。

ずっと謎とされていた消えるドライブの秘密。その正体に彼らはたどり着いた。

同じ頃、今吉たち同様に真相に気づいた者たちがいた。

秀徳の高尾と緑間である。

「あのドライブはそもそも黒子ひとりじゃできないんすよ」

高尾の説明に、三年生の木村信介(きむらしんすけ)が目を丸くする。

「ひとりじゃ……？　つーか、わかったのか、高尾？」

「まぁ、オレと真ちゃんは思っくそ抜かれまくったんで」

「だまれ、高尾」

緑間のトゲトゲした声が挟(はさ)まるが、高尾は気にすることなく解説をはじめる。

「まず、動きは……あれはナナメに低姿勢のドリブルで抜く、ダックイン。人間の目はタテ・ヨコは追えても、ナナメの動きには弱いんです。しかも黒子(アイツ)は人の視線を読み取る能力に長(た)けているから特別追いづらい角度で沈んでくる。これだけでも、並の選手じゃそうそう止められない……けど、それはせいぜい『消えたように見えるドライブ』だ」

「だが、ある条件を満たしたとき、消えるドライブ(バニシングドライブ)は完成する……」

そう言うと、緑間はコートへと視線を向けた。

インターバル中とあって、両チームともベンチでつかの間の休憩をとりつつ、次なるゲームへの作戦を確認している。

その静かなベンチであっても、目を引く選手がいた。

「それが火神君です」

桐皇ベンチで選手たちの前に立った桃井が確信を持って言った。

「彼のコートでの存在感は群を抜いています。本来もっとも存在感のあるものはボールです。だからテツ君はボールを持った状態で視線をほかに誘導することはできません。ですが成長した火神君に対してなら視線を誘導することができる。それが消える（バニシング）ドライブの正体です。言い換えれば、消える（バニシング）ドライブは抜こうとする相手の視界に火神君がいるときにしか使えない……」

「つまり、火神と黒子を引き離せばいいわけか！」

説明を聞いた若松がよっしゃとばかりに拳を握る。

「なら話は簡単だ！　青峰が火神をチェックすれば……」

「ハッ、やなこった」

「ああ⁉　ふざけんなよ、青峰！」

途中で遮られ、若松は激昂してベンチから立ち上がるが、青峰の横顔を見て思わず息を呑んだ。

「そりゃ、こっちのセリフだよ。なんでオレがセコセコ、んなことしなきゃなんねーんだ」

ゆっくりと立ち上がる青峰の口元は微かに緩んでいた。

「出したきゃ好きなだけ出しゃあいい。オレが抜かれるなんざ、天地がひっくり返ってもありえねーよ」

だが、笑みは口の端だけだ。その眼差しは獣のように鋭く、狙いをつけた獲物を圧倒的な力で押しつぶすような気迫をたたえている。

「――オレに勝てるのはオレだけだ」

触れればピリピリとしそうな気迫に、若松たちは言葉を失った。

そしてブザーが鳴り、コートへと戻っていく青峰の背中を桃井だけが哀しく見つめた。

Crash

VS.桐皇

激突

THE BASKETBALL
WHICH KUROKO PLAYS.

WINTER CUP
Highlights vol.1

第二クォーターも黒子(くろこ)は継続してコートに立っていた。

ミスディレクションの特性上、試合に長く出場するのは危険な行為だ。いくら影が薄く見落としやすいとはいえ、長くコートに立てば、見つけやすくなってしまうのだ。けれど、それを差し引いてもいまは仕掛ける必要があると判断した結果だった。

開始早々回ってきたボールを手にした黒子の前に、人影が立ちふさがる。

青峰(あおみね)であった。

「話が早くて助かるぜ、テツ。つくづくバスケだと気があうな」

対峙(たいじ)する青峰と黒子が目をあわせる。

すべきことはひとつだった。

「ボクもそう、思います……！」

黒子の背後に火神(かがみ)が回り込む。青峰の視界に火神(光)が入ったことを確信し、黒子(影)は動いた。

「いっけ――――っっ!!」

誠凛(せいりん)ベンチから大声援があがった。

これまで打つ手のなかった、あの青峰を制することができれば、今後のゲーム展開が有利になるのは間違いない。どうしても負けられないワンプレイだ。

黒子は死角を的確について、青峰の右サイドを走り抜けた。

(よしっ!)

見守っていた火神が会心(かいしん)の笑(え)みを浮かべた――直後、その顔が大きく引きつった。

「!!」

黒子もまた驚愕(きょうがく)に目を見開いていた。

己(おのれ)の右半身に感じるプレッシャー。間違いない。抜いたはずの青峰が、ボールを狙(ねら)っている証(あかし)だ。

見えないはずの黒子の動きに、青峰は反応できている。

「バカな!　いったい……!」

木吉(きよし)が驚きの声をあげ、その理由に気づいたとき、さらなる驚きの声をあげた。

「目を……⁉」

青峰は目を閉じていた。

視界に火神を映さなければ、反応が遅れることもない。だが、そもそも黒子の動きを見ること自体が不可能となる。それでも迷うことなく動けたのは、黒子の呼吸やリズムを知り尽くした経験値による。

バスケを通じて共に過ごした時間が、黒子に牙を剝いた。

「残念だったな、テツ」

「！」

青峰が目をふっと目を開く。同時に、ボールはすくい取られるようにその手に渡った。

ダダダダッダンッ！

誰も追いつけないスピードで青峰はコートを駆け抜け、ダンクシュートを決める。

ネットを通過したボールがコートに転がった。

「勘違いすんなよ、テツ」

降り立った青峰は、動けずにいる黒子へと歩み寄る。

「影ってのは光あってこそだろうが。いくらあがこうがその逆はねぇんだよ」

黒子が顔をあげた。まるで軋(きし)む音が聞こえそうなほどぎこちない動きで。

ショックを隠せない様子(ようす)のかつての相棒に、青峰は言った。

「影じゃ光を倒せねぇ」

突き落とすように言い放ち、かつての光は影を見捨てるように走り去る。

黒子は凍りついたように立ち尽くした。

見守っていた誠凛ベンチの面々もまた、言葉を失い呆然(ぼうぜん)と固まっていた。

しかし、いち早く事態の緊急性に気づいたリコが慌(あわ)ててオフィシャルへと向かう。

黒子の敗北にチームが動揺しているのは明らか。立て直すにも、タイムアウトが必要と判断したのだ。

リコがオフィシャルにタイムアウトを申請(しんせい)した直後、事態は動いた。

「黒子⁉」

火神の驚きを含んだ声に、リコは慌ててコートを見遣(みや)り、目を瞠(みは)った。

伊月(いづき)から黒子へと飛んだパスボール。

本来であればフリーの火神へ回すのが定石だ。

だが黒子は大きく右半身を引き――加速するパスを撃とうとしていた。

（まさか、なに考えてんだ！）

黒子の意図に気づいた伊月は愕然とする。黒子がパスを通そうとしている先に立つのは、
ゴール下の木吉と日向。だがふたりにはきっちりマークがついている。

なにより、パスの軌道上に立つのは……。

「黒子、やめろ！」

伊月が叫ぶ。と同時に、加速するパス・廻が放たれた。

ボールは螺旋の力で弾丸のようにコートを飛んだ。日向と木吉に向かって。

そして、彼らの手前に立つ、青峰をもう一度退けようとして。

「……バカが」

青峰は小さく舌打ちをすると、おもむろに左手をあげて前に突き出した。

バチィイ!!

猛スピードで飛んできたボールが青峰の手に激突する。

「！」

眼前の光景に黒子は大きく瞳を見開いた。

「同じ技がオレに二度通用すると思ったかよ」

青峰の手の中でボールはキュルキュルと悔しげな音をたてて回転を緩めていき、やがてぽとりと床に落ちた。

「あんまり失望させんなよ、テツ。こんなもんがオレを倒すために出した答えなら、この際はっきり言ってやる。——そりゃ、ムダな努力だ」

「！」

落ちたボールをすくいあげ、青峰は駆けだす。

呆然と立ち尽くす黒子の脇を抜き、慌ててガードに躍り出た伊月をチェンジオブペースで抜く。

「行かせねーっ！」

ゴール前に侵入すると、火神が防ごうと大きく跳び上がった。

「…………」

青峰は当然のように上体（じょうたい）を反（そ）らし、ボールを放り上げる。

シュパッ。

ゴールが決まった。

青峰のフォームレスシュートに観客は興奮し、歓声をあげる。しかし、対峙する誠凛メンバーにとってそれは脅威（きょうい）でしかない。

「キセキの世代」の緑間（みどりま）でさえも抜いた消える（バニシング）ドライブを攻略し、さらには加速する（イグナイト）パス・廻（カイ）さえもものともしない、青峰の圧倒的な能力。

リズムを崩（くず）された誠凛に対して、桐皇勢（とうおうぜい）は勢いに乗って得点を重ねていく。

申請したタイムアウトが訪れるまでの一分たらずが、リコにはひどく長く感じられた。

「ひとまず黒子君は一度交代よ」

ベンチに戻ったメンバーの前で、リコは落ち着いた声で言った。

下手（へた）な慰（なぐさ）めは気休めでしかなく、チームの不安を煽（あお）るだけだと熟知している彼女はあえて言葉少なに交代を告げた。

「……ハイ」

タオルを頭からかぶった黒子は一瞬言葉を詰まらせたが静かに頷いた。

「じゃあいい？　みんな聞いて。ここまでの展開で気になることがあるの……」

指示を出すリコの声に全員が集中する。

黒子も俯いたまま、タオル越しにリコの声を聞いていた。

しかし、その声を打ち消すようにあの声が記憶の中から響いてくる。

『影ってのは光あってこそだろうが』

苦い敗北を味わったのは初夏のこと。

一度はスタメンから外してもらおうとまで思った。けれど、火神や先輩の言葉によって、自分だけのバスケを生みだそうと決意した。

通常の練習にくわえて、自分なりの練習にも力を注いだ。

あるのかわからない、生み出せるのかわからないものを求め、必死だった。

だからこそ、見つけたときは嬉しかった。

努力の先にようやく身につけた、自分だからこそのバスケ。

『こんなもんがオレを倒すために出した答えなら、この際はっきり言ってやる。そりゃ、ムダな努力だ』

ぽた。

磨かれた床に、水滴が落ちる。

「……しょう……」

ぽたっ。ぽたっ。

抑えきれない想いが涙をあふれさせた。

「ちくしょう……」

嗚咽を噛み殺し、涙を止めようとぎゅっと瞼を閉ざす黒子の頭に、大きな手がぐっと押しつけられた。

「ムダなわけねーだろ、バカ」

遠慮なくおさえてくる手は力強かった。

タオルの端から見上げれば、立っていたのはもちろん火神で。

「みんな信じてるぜ。お前は必ず戻ってくるってな」

火神はコートをまっすぐに見つめたまま続けた。

SEIRIN
10

「その間にオレがアイツに教えてやるよ。ムダな努力なんざ、ねぇってな」

誠凛24対桐皇30。
黒子の代わりに小金井（こがねい）が入り、ゲームが再開された。
サイドからのパスが火神へと渡る。と、すかさずガードに青峰がついた。
間合いを詰めていた青峰はふと気づく。
火神の眼差（まなざ）しに、タイムアウト前とは違う気迫がこもっている。
ここで勝負をするのか。
青峰が狙いを定めたとき、火神がバッとボールを木吉へと回した。
すぐさま伊月がサポートに入り、木吉がシュートを決める。
再開後すぐの追加点に誠凛側の応援にも力が入った。仲間の声援をうけて戻る火神に、
青峰が言った。

「なんだ気のせいかよ」

「あ？」

「やる気満々のツラして出てきたと思ったけどな？」

「るっせー。今のはたまたま木吉サンがいい面(めん)とってただけだ。安心しろよ、逃げる気なんてサラサラねーぜ」

言葉通り、ふたりの対決はすぐに訪れた。

ボールは桐皇。青峰と火神の一対一(ワンオンワン)。

ダムダムとボールをつく青峰の前に、低く腰を落とした火神が対峙する。

再度訪れたエース対決に「キセキの世代」の面々も注目した。

「チェンジオブペース……」

上下するボールのリズムがゆっくりとなったことに気づいた紫原(むらさきばら)が小さく呟(つぶや)く。

青峰が得意とするプレイのひとつだ。

(仮にタイミングを読みきっても止めるのは至難(しなん)……だが、それより気になるのは……)

緑間が青峰から火神へと視線を移す。

だらりと手を下ろした火神に気迫はあっても、気負(きお)いはない。

いままでとは違う火神の姿勢に、これまで誠凛戦を観戦してきた黄瀬(きせ)も気づいていた。

(あれは脱力した自然体の構え……まるで青峰っちと同じような……!?)

まさかの可能性に黄瀬が目をこらしたとき。

(……来る)

赤司(あかし)が動きを読み、判じた。

ブワッ。

まさに野生の獣(けもの)のごとき一撃をくりだしたのは、大方の予想を裏切り、火神であった。

まばたきの隙(すき)をつくような一瞬に伸ばされた指先がボールへ触れる——寸前、青峰は反射的にボールを後ろ手に回し、軽々とターンでかわした。

「速(はえ)ぇえ!」

火神の気迫のこもった攻撃もさることながら、それを上回る青峰のスピードに日向や伊月が目を剝く。

無論(むろん)、それだけで終わる青峰ではない。

フリーとなった青峰はすぐさまシュートを撃とうと跳び上がり——戦慄した。

背後に感じる気配。

置いてきたはずの火神が、追いついてきている……！

「うぉぉぉぉぉぉ！」

火神が気合いを込めて叫ぶ。

想いがあった。

アイツには何度も助けられてきた。

体格もスタミナもあるほうではないのに、誰よりも強い「負けたくない」という気持ちが、いつだってチームを勝利へと向かわせる。

今回だって、きっとアイツは戻ってくる。そのときに手遅れじゃ、遅いんだ。

だから今度は……。

（今度はオレが、アイツを助けるんだ！）

バチィィ！

吼えるように叫ぶ火神の手がついにボールを捉え、弾き飛ばす。

「な⁉」

今吉(いまよし)が、桜井(さくらい)が、己の目を疑った。

彼らがはじめて見る、DF不可能の点取り屋(アンストッパブルスコアラー)が防がれた瞬間だったからだ。

また、リコたちも、突然ともいえる火神の覚醒(かくせい)に驚きを隠せない。

けれどリコの胸の内(うち)には「もしや……」という想いもあった。

(黒子君の完敗をきっかけに蓋(ふた)が開いた……⁉)

彼女にはずっと疑問だったことがある。

「キセキの世代」となんら遜色(そんしょく)のないポテンシャルを持つ火神が、なぜか彼らと一対一で対等にやりあえない。

いくら能力や相性(あいしょう)があるとはいえ、奇妙なことだった。

このことについて、景虎(かげとら)はかつてこう語った。

『ずばりアイツが心のどこかで黒子を頼(たよ)っているからだ』

黒子と力をあわせて「キセキの世代」を倒すという考えが、火神自身の能力に蓋をしている。

力をあわせること自体は間違いではない。けれどそれは自分の力をすべて発揮してこそ意味がある。そのことに気づかない限り、火神は未完のままだ、と。

（助けられる側から、助ける側になったことで、今まで無意識に抑えていた力が解放されようとしている……これが、火神君の本当の力なの⁉）

リコはごくりと喉（のど）を鳴らす。

コート上に立つ火神のまとう空気が変わっていた。

ただの熱意とは違う、燃えあがる炎のような気迫。

そんな彼の覚醒を誰よりも喜んだのは、

「いいぜ、お前。やっとテンションあがってきたわ。正直お前にはあんま期待してなかったが、前よりずいぶんマシになったぜ。今回はもう少し本気でやれそーだ」

他ならぬ、青峰。

「せいぜい楽しませてくれよ、火神ィ！」

サイドからのパスボールを手にした青峰は、自ら火神へと距離をつめた。

「っ！」

今までにないスピードで迫ってくる青峰に火神は油断なく構える。だが、その視界から一瞬にしてボールが消えた。

（これは……!?）

火神はすぐさま背後へ振り向く。

予想通り、自分の股下を抜くようにバウンドしたボールが、ゴールネット付近まで高く跳ね上がっている。

「よっしゃまかせろぉぉラァ――！」

ゴール下の若松がアリウープを決めようと気合い充分で跳び上がる。

木吉も防ごうと同様に跳び上がる、が。

「なに早とちりしてんだ。なわけねーだろが」

空中でボールを奪い去り、そのままゴールも見ずに放り投げるようにしてシュートを決めたのは青峰であった。

「まぎらわしいんだよ、青峰テメー！」

見事なプレイに歓声があがるなか、若松が食ってかかるように文句を言った。けれど青峰が意に介(かい)した様子はなかった。

「いいからヨケーなことしねーで、オレがボール持ったらどいてスペース作れ」

「ああ!?」

「久しぶりにマシなヤツが出てきたんだ。ジャマすんじゃねーよ」

ようやく楽しめる。忘れかけていた感覚に青峰の口角(こうかく)があがる。嫌気(いやけ)がさしていた退屈を少しは紛(まぎ)らわせそうだという予感に、身体が徐々にギアをいれていくのがわかった。

青峰の期待を裏切らず、火神の気迫と実力は本物のようだった。続く、誠凛ボールでは火神は青峰のガードをすり抜け、シュートを決めてきた。

青峰はチッと舌打ちをするが、同時に「そうでなくては」と余裕のある笑みをもらす。

そうでなくては、本気になる意味がない。

一方、火神の表情に余裕や笑みはない。

ただ、本人でも不思議なほど深く集中できていた。そのせいなのか、身体が思うようによく動く。脳が命令を出すと同時に身体が動くような不思議な連動感。

「火神ー、もしかしてオレ余計なことした？」

「え？」

敵陣へと戻る火神に小金井が声をかけてきた。小金井の言う「余計なこと」とは、ついさきほど、火神が青峰と対峙した際に、彼が青峰にスクリーンをかけたことだった。火神の動きをアシストするためのスクリーンだったが、青峰には簡単にかわされてしまい、結果として小金井は高次元のプレイのなかで立ち尽くす恐怖を味わうだけだった。

「いや、まさか……ただ、いてもいなくても、結果はあんま変わんなかったとは思うけど……」

「えっ⁉」

ガーン、とショックをうける小金井に、火神はユニフォームで汗をぬぐいながら小さく詫びる。

「すんません。青峰はオレに任せてくれないすか。もうちょい、もうちょいでいけそうなんだ……です」

ほえ……？　と首をかしげる小金井を残し、火神はコートを駆けていく。傍目には青峰との一瞬も気の抜けない戦いへ赴く火神だが、その横顔にはどこか不思議な自信が垣間見え、日向たちは火神を信じ、任せることにした。

事実、火神と青峰の攻防戦に対し、日向たちがアシストするのは無理なことだった。ハイスピードでボールを奪いあうふたりの動きに、誠凛のメンバーも桐皇のメンバーもついていくだけで精一杯だったのだ。

息のつく間もない攻防戦に観客は熱狂した。けれど、この戦いが長くは続かないことに「キセキの世代」の面々は気づいていた。

時間がたつにつれ、青峰の鋭さが確実に増してきている。彼が徐々にギアをあげていくタイプだと知っている「キセキの世代」たちに、結果は見えていた。

１００パーセントの力に達した青峰に、火神が敵うわけがない。

そしていま、ペイントエリアに侵入した青峰の走りを見て、「キセキの世代」のメンバーは確信する。彼の力がフルパワーになっていることを。

青峰の顔に笑みがこぼれる。

そこそこ楽しめたが、お遊びは終わりだ。

シュートを撃とうとジャンプすると、お決まりのように火神がブロックに跳んだ。しかしそれは、青峰にとっては予測済(ず)みの行動。

青峰は空中で上体を大きく反らし、火神の頭上を越えるようにボールを放り投げた。

型のない(フォームレス)シュート。青峰と火神の格の違いを知らしめる一手……。

バゴォォ！

だが、ゴールへと向かおうとしたボールを激しい力が弾き飛ばす。

「なっ!!」

瞬間を目撃した黄瀬は思わず声をもらした。

誰も阻(はば)めなかった青峰の型のない(フォームレス)シュート。しかも100パーセントに至った青峰が撃ったシュートを、火神は叩(たた)き落(お)とした。

「うぉぉぉ！　火神——!!」

衝撃の瞬間を目撃した誠凛ベンチは立ち上がって喝采(かっさい)をおくる。

一方、桐皇勢は驚愕し、目を瞠(みは)るばかりだ。それは「キセキの世代」の面々にとっても同じだった。

「そんなことがありうるのか……！　まさか……！」

緑間がごくりと喉を鳴らす。信じがたいことだが、目の前の現実がそう告げている。

（青峰より、火神のほうが上だというのか——!?）

歓声のなか、コートに着地した火神が青峰に振り向いた。

「別にかまわねーぜ。楽しませてやっても……。そんなゆとりがあんならな」

「テメェ……！」

鋭い眼差しで睨(にら)む火神に、青峰ははじめて怒(いか)りの表情を見せた。

エース同士の熱戦が続いた第二クォーターは誠凛46対桐皇48でタイマーが終わりを告げ、十分間のインターバルへ移行した。

コートから控え室へ続く廊下へ出るとすぐに、青峰はふらりと移動する列から離れた。

「おい、青峰。どこ行くんだよ」

「うるせーなー。後半開始にはちゃんと戻る」

若松の呼び止めに振り返りもせず答えて青峰は廊下を曲がり、姿を消した。

青峰の横柄(おうへい)な態度に苛立(いらだ)つ若松に、今吉が「放っとけ」と声をかけ、控え室へ行くぞと顎(あご)をしゃくる。

「……たく、大丈夫だろうな、あのヤロー」

火神にやられて、ヘコんだみてーだが、とぶつぶつ言いながらあとについてくる若松に今吉は笑った。

「まあ、心配すんなや。さっきまでの青峰は確かに本気やった……が、手の内全部出したわけやない」

「え……？」

黙って聞いていた桜井が思わず声をもらす。前半戦でも充分にすごいプレイだった。だが、今吉の言いぶりだとまるで……。

絶句する桜井の表情に、今吉は不敵で楽しげな笑みを浮かべる。

「後半始まればすぐわかる。結局、あいつに勝てる奴はおらん……てな。それにたぶん逆やで」

「は？　逆？」

首を捻る若松に代わり、「そうですね」と答えたのは桃井だった。

「たぶん今頃、青峰君は……嬉しくてしょうがないと思います」

と、桃井は青峰が消えた廊下の先を見通すように振り返る。

青峰が曲がった廊下の先には外へ出る戸口がある。そこを出れば、近くの野外バスケットコートへは最短距離で行けるのだ。

桃井は確信していた。青峰はきっとそこにいる。

野獣のような笑みを浮かべ、屋外コートを駆ける青峰の姿を桃井はたやすく想像できた。

無理もない。彼はようやく、本当にようやく出会えたのだ。

青峰が何よりも欲していた、自分のすべてを出させてくれる相手に。

同じ頃、黒子もまたひとりで屋外にいた。

冬のやわらかな日差しをうけながら、彼は思い出していた。

青峰が笑顔でプレイしていた頃のことを。

その笑顔が徐々に消えていった日々のことを。

青峰がコートで笑わなくなったのは、中学二年の全中の予選がはじまった頃だった。

試合に出ても笑顔どころか集中力も散漫（さんまん）気味（ぎみ）な様子（ようす）に、監督や主将（キャプテン）の赤司もたびたび注意をしたが効果はなく、やがて青峰は部活をもサボりだした。

ふさいだ様子の青峰を黒子は心配し、ある日思い切って尋ねることにした。

「……青峰くん、最近練習休むことが増えましたね」

いつものようにコンビニでアイスを買い、いつものように並んで歩きながら尋ねた黒子に、青峰はばつの悪そうな顔を見せた。

「あー……。いんだよ、練習したらうまくなっちまうだろ」

「？」

「頑張ったら頑張った分だけ、バスケがつまんなくなってくんだよ」

意外な一言に黒子は思わず足を止めた。

あ、あの青峰がバスケが楽しくない、なんて。

足を止めたままの黒子に気づかず、青峰は変わらぬ歩調で進み、淀（よど）みなく口を動かした。

自分自身に何度となく言い聞かせてきたフレーズを繰り返すように、淀みなく。

「それにきっと……オレのほしいもんはもう……。バスケなんてとどのつまりゲームだしな。これからは試合もテキトーに流して……」

「それはダメです」

「んなぁぁぁ〜〜〜⁉」

青峰はぎょっとして背中に手をやった。シャツと地肌の間をつたっていく冷たいもの。

間違いない、黒子が手にしていたアイスキャンディーだ。

青峰がキッと黒子を睨（にら）むと、しでかしたこととは正反対に黒子はひどく真剣な顔で見つめ返していた。

「ボクはいつもみんなについてくので精一杯です。正直、青峰くんの感覚はわかりません。けど、どんなに力が離れてても、手加減されたり、手を抜かれたりするのはボクが相手だったら絶対してほしくないです」

「………」

「それに……青峰くんよりすごい人なんて、すぐに現れますよ」

青峰は迷うように視線を逸らした。そんな青峰を黒子はじっと見守る。やがて、

「っはは……そーだな」

青峰は、吹っ切ったように笑った。

「そうです」

黒子が突き出した拳に青峰もコツンとあわせた。

このときの黒子の言葉に、ウソはない。

黒子は信じていた。青峰との戦いを楽しみにしている選手はたくさんいると。

だからあの日も、全中の決勝トーナメントの一回戦、因縁の上崎中との一戦でも、

「テツ」

名前を呼ばれたのは、きっと互いのプレイを称えるためだと思った。

だから迷わず拳をつきだしたのだ。

けれど、違った。

「やっぱ……ダメだわ」

沈んだ声だった。

瞳を暗い絶望の色に染めて、青峰は黒子の脇を駆け抜けた。

「オレに勝てるのは、オレだけだ」

——相手のやる気までなくさせて、バスケのなにが楽しいんだよ。

走り去る相棒の背中が、叫んでいた。

スコアボードは帝光150対上崎81。圧倒的な力の差をまえに、上崎中の選手たちに戦う気力を保てというほうが難しいのかもしれないが……。

すべてを拒絶するような相棒の背中を、黒子は愕然と見つめるしかなかった。

あわさることのなかった拳を抱えたまま。


「身体冷えるぞ、バカヤロー」

という声とともに、記憶を辿(たど)っていた黒子の頭上にジャージがばさりと降ってきた。

振り返ると、火神が呆(あき)れた顔で立っていた。

「早く戻らねーと後半始まっちまうぞ」

「……すみません、すぐ行きます」

そう言うと黒子は投げかけられたジャージに腕を通した。

火神が言うように、黒子は真冬だというのにユニフォームのままであった。

「……なぁ、今何考えてた？」

「…………」

「なぐさめる必要はなさそうだけど、ただ風に当たりに来たわけでもねーだろ？」

火神の問いかけに黒子は言葉もなく視線を落とした。

やがて、ひとこと。

「火神君はバスケは好きですか？」

「……は？」

予想外の質問に、火神は思わず片眉をあげる。当たり前のことをなんで聞くんだ、と顔で答える火神に、黒子は続けた。

「べつに難しいことを考えてたわけではありません。ただ……ただもう一度、青峰君が笑ってプレイする姿を見たい」

「………」

「この試合に勝つことができたら、もしかしたら……」

「さぁな……、知るかよ、そんなもん」

黙って聞いていた火神が、長く息を吐き出しながら言った。

黒子の願いは、今の青峰しか知らない火神にとってはとてつもなく無理難題に思えた。

第一、あの青峰が笑うところなど、想像もつかない。だから、火神が言えることは。

「人間、そんな単純じゃねーだろーし、オレたちが勝ったところで、アイツが変わるかどーかなんてわかんねー。ただ、負けたらそれこそ今と何も変わらねぇ。オレたちにできんのは、勝つために全力でプレイすることだけだろ?」

黒子と青峰の間にどんな時間が流れてきたのかを、火神は知らない。ただ、その過去が黒子の願いを生んだというのなら、迷うことはない。それを叶えるために現在に集中するだけだと、火神は言う。

いつでも火神が選ぶものは明解だ。そして、仲間思いである。

去っていく火神の背に、黒子は静かに微笑を浮かべるとあとに続いた。

いよいよ誰も予測できなかった後半戦がはじまる。

Awakening

VS.桐皇

覚醒

THE BASKETBALL
WHICH KUROKO PLAYS.

WINTER CUP
Highlights vol.1

第三クォーター開始直後、青峰と対峙した火神は愕然とした。

（コイツ……!?）

前半戦とは段違いの凄みだった。青峰の集中力が増し、前半戦のように動きを読もうにも、どんなプレイを仕掛けてくるか想像がつかない……。

ズバッ。

一瞬の迷いをつき、青峰が火神の脇を抜く。火神はすかさず追おうとして、さらに愕然とした。

――追いつかない。

（どうなってやがる!? 青峰はすでに全力だったはずだ……なのに、速くなってる!? そんなバカな！）

ゴール下へと侵入する青峰の前へ出ようと木吉が駆ける。だが、速すぎる青峰に迎撃の態勢が取れない。

（ダメだ、間に合わない!!）

木吉が歯がみした瞬間、青峰が大きく目を見開いた。

ドンッッダダンッ！

衝突音に続き、床に倒れる音が響いた。そして審判の笛の音。

「黒５番！　チャージング！」

審判のファウルを宣言する声に、青峰は舌打ちしそうに顔を歪めて手をあげる。その視線の先には、床に倒れた選手——黒子の姿があった。

第二クォーターの途中で降板した黒子であったが、第三クォーターでまたコートに戻ってきていたのだ。

完膚なきまでに敗北した黒子に今さら何ができるのか。

第三クォーター開始直前、会場の白けた視線を集めていた彼がはじめにしたことは、青峰のコースを読み、それを妨げることだった。

「青峰君にボクの動きがわかるなら、逆も言えるでしょ？　過ごした時間は一緒です」

床に手をつき立ち上がりながら、黒子は言う。

「つくづくバスケだと、気が合いますね」

「……やってくれんじゃねぇか、テツ！」

青峰は苛立ちと興奮の混ざりあった笑みを浮かべた。

復帰後すぐに活躍した黒子であったが、続いての誠凛の攻撃では回ってきたボールをすぐにパスで回した。

ノーマークの状態であったのに自分から攻撃に出ない黒子の様子に、若松はもしや、と考える。

（オフェンスは何もしねぇってことか……!?）

青峰に真っ向から戦っても勝てないとわかり、サポートに徹するつもりでコートに戻ってきた、という意図ならば理解できるし、対応策もとりやすい。

思考を巡らしているうちに、若松がガードする木吉にボールが回る。若松はボールを奪おうと集中した。

次の瞬間。

ボールは木吉から黒子へ渡り、加速するパスが炸裂する。

「すんのかよ!!」

脳内で消去したばかりの選択肢イコール「黒子のオフェンス参加」に若松が思わず吼える。

直進したボールは日向の手に渡り、すかさずシュートが放たれる。

シュパッ。

力強い弧を描き、ゴールが決まる。しかもスリーポイント。

「っしゃぁ!!」

日向が会心の叫びをあげ、誠凛ベンチも大いに盛りあがる。

「黒子ォ!」

「ナイシュです」

戻ってきた日向に黒子が振り返る。互いの健闘を称えあうように日向が手をあげた。その手は、真っ赤に腫れあがっている。

「やっぱ超いてーんだけど、あのパス!!」

「……すみません」

軽口を叩きながら、ふたりはディフェンスに戻っていく。それは他のメンバーも同じだ。

「よぉし、ディフェンス止めるぞ！」

「おお！」

日向の声に一同が力強く応える。黒子の復活はやはりチームに活力を与える。しかもスコアボードは誠凛49対桐皇48。この試合はじめての誠凛リードであった。

しかし。

「ここまでは、ほぼプラン通りですね」

桐皇学園の監督、原澤克徳は淡々と言った。背筋を伸ばし、コートを見守る原澤からは、逆転されたことへの驚きも、ましてや焦りも感じられない。

彼は常にスマートにバスケを行う。王者らしく堂々と、どんな相手にも手を抜くことなく備えをおこたらない。

なにより、それを得意とする彼女が、桐皇にはいる。

「出てきたばかりで気の毒ですが、彼にはやはり大人しくしてもらいましょうか」

原澤の言葉に、彼の隣に座っていた桃井（ももい）が、わずかに目を伏せた。

ベンチからの指示に桐皇勢はすぐに動いた。

「え？」

誠凛の攻撃でボールを手に攻（せ）め上（あ）がろうとしていた伊月（いづき）は驚きの声をもらした。伊月だけではない。木吉も、火神も、日向も、そしてベンチのリコまでもがまさかの展開に驚きを隠せない。

黒子のマークに意外な人物が立っていた。

「仲ようしようや」

と、眼鏡（めがね）の奥で目を細めて笑うのは、今吉（いまよし）。


黒子への対応策が説明されたのは、インターバル中のことである。

「11番に密着マーク（フェイスガード）？　んなもんできたら、とっくにしてるぜ。注意してても気づくとどっか行っちまうんだよ」

説明に諏佐が異を唱えると、桃井は静かに首を振った。

「その『気づくと』というのがミソです」

「え？」

「彼は試合中、ずっと消えているわけではありません。普段は異常な影の薄さで認識しづらいだけです。しづらいから、見失わないようにする……けど、そういう視線が一番誘導されやすいんです。彼を見よう見ようとするほど、それはドツボ。ミスディレクションにかかりやすくなるだけです」

「じゃあ、どうやってマークすりゃ……」

困り顔の諏佐に、今吉が「おいおい」と楽しげに笑った。

「もう答え言っとるようなもんやんか。見ようとせんかったらええ。やろ？」

今吉が桃井に尋ねると、彼女はそうだというように頷く。

「彼がミスディレクションを使うのは味方と連携するとき。そのため必ず直前、連携する選手とアイコンタクトをします。アイコンタクトした選手はいわば彼を映す鏡。その選手が見る先に必ず彼がいます。なによりも脅威なのはパスやドライブではなく、そのすべてを支えるミスディレクション（視線誘導）という技術。その無効化は彼の無力化と同義です」

説明を聞きおえた桜井（さくらい）はぞっとした。

桃井の説明は充分納得できるし、理解もできる。だが、それを実行しようとなると、話は別だ。

黒子に気を配りながら、連携相手の位置や視線に気を配り、さらにその先を読んで動かなくてはいけない。それも高速で走り回るコートの中で、だ。

とてもひとりの人間にできることでは……。

「よっしゃ、わかった。諏佐、マーク交代や。11番にはワシがつく」

なんの気負（きお）いも感じられない今吉の様子に、桜井はごくりと息を呑（の）んだ。

そしていま、黒子のマークについた今吉の動きを見て、桜井は再度息を呑む。

右へ左へとミスディレクションを駆使（くし）して動く黒子の姿は、桜井も見失いそうになるのに、今吉はぴたりとついて離れない。黒子を徹底的にマークし、パスを通すことさえも許さない。

完全なる黒子封じだった。

同じチームの桜井までもが驚くなか、当然のように受け止めている男がいた。

霧崎第一の花宮真である。

「それができちまうんだなぁ、あの人は」

今吉と同じ中学出身の花宮にとって、なんら不思議でもなんでもない光景であった。その言葉を花宮と共に観戦していた霧崎第一の仲間が、どういう意味だと問えば、花宮はふんっと薄く鼻で嗤う。

「表情、仕草などから相手の心を読む……腹の探りあいに関しちゃ妖怪並みだ。人が嫌がることさせたら、あの人の右に出る奴ぁいねぇよ」

花宮の言葉を裏付けるように、黒子からスティールでボールを奪った今吉が伊月の追撃をかわし、難なくシュートを決める。しかもスリーポイント。

「ぐっ……！」

悔しさに表情を歪める誠凛勢だが、立ち止まる暇はない。すぐさまスローインをし、ボールは伊月から日向へと回った。

（お返しだ！　くらえ！）

嫌な流れを断ち切るように、日向が不可侵のシュート（バリアジャンパー）をしかける。

ぐぐぐーっと退いた体勢により、マークに邪魔されることなく楽にシュートが打てるはずだった。

「なっ!?」

日向が驚きの声をあげる。引き離したはずの桜井が、ぴたりと追いついているのだ。

これもまた桃井の作戦であった。

一日で不可侵のシュート（バリアジャンパー）の仕組みを見破った彼女は桜井にこう指示を出した。

『見破るコツは、重心です。上体に騙されず、ボールを持ったら軸足のつま先を見てください』

仕組みがわかっても、対応するのは至難の業だ。しかし、桜井はやってのけた。

先輩が離れ業を披露しているのならば、自分だって難しい状況に対応できることを証明する。桜井の負けず嫌いがここでも発揮されていた。

シュートを阻まれた日向は体勢を整えようとボールを木吉へ回した。すると若松が木吉へ激しいプレッシャーをかけてくる。しかたなく、木吉はさらにボールを火神へと回した。

パシュッと小気味のいい音をたてて、ボールが火神の手におさまる。

その前に青峰が立ちはだかった。

「こっちもそろそろ第二ラウンドといこうか、火神ィ！」

ニィと笑う青峰に、火神はこれまでとは違うものを感じた。

真っ向勝負は危険だ。直感するが、状況がそれを許さない。火神のヘルプに入ろうとした黒子はすぐさま今吉に阻まれ、日向や伊月もマークが外れていない。

（やるしか、ねぇ!!）

火神は気合いを込めて進もうとした瞬間、戦慄した。

コートすべてを支配するような桁外れな威圧感が引きずり出す、もはや逃れようのない敗北のイメージに火神は襲われた。

「!!」

思わず竦んだ火神に青峰の冷たい声が飛ぶ。

「集中力足りねーぜ」

ビッ！

青峰の手が伸び、火神のボールを弾いた。

しまった、と思うがすでに遅い。青峰は転がったボールを拾い上げ、ゴールへと走っている。

「待て、この！」

咄嗟に動いた日向が青峰の前に躍り出る。しかし青峰のチェンジオブペースに翻弄され、一瞬で抜き去られた。

「くそっっ！」

日向は自分の力のなさに憤慨するが、

「いかせるかぁぁぁ！」

火神が先へまわりこむ時間は稼げていた。

プレッシャーをかける火神を前に、青峰は躊躇なくダンクのフォームで跳び上がる。同じタイミングで、火神もまた跳び上がった。これまで何度もチームの窮地を救ってきた火神のジャンプ力。並外れた高さに伸びた手が、ゴールへの軌道を完全にふさぐ。

だが、青峰が狙(ねら)ったゴールへの軌道はそこではなかった。

彼は空中にいながらもまるで地上を走るのと同じように身体をひねり、火神をよけるように回転すると、ボールをゴールへと叩きつけた。

バゴォォ！

大きくネットを揺らし、ダンクが決まる。

もはや人間技(にんげんわざ)とは思えないシュートに観客が大歓声をあげる。

反して、誠凛側では声を発する者はいなかった。

驚異にして脅威。それが青峰だ。

「前半から本気じゃなかったのかよ……」

観客席の高尾(たかお)が呻(うめ)くように言った。

「単純なことなのだよ」

「え？」

緑間(みどりま)の言葉に高尾が振り返る。

「火神が身につけたものは、おそらく『野性』と言われる類(たぐい)のものだ。……だが、『野

SEIRIN
10

性』を持つのは火神だけではなかった。ただ、それだけの話なのだよ。本気でプレイすることが極端に減ったせいで勘(かん)が鈍(にぶ)っていたようだが、火神との戦いで徐々に取り戻していったのだろう」

緑間の説明に高尾は胆(きも)が冷えた。緑間は「ただそれだけ」と言うが、それだけですむ話ではない。

追いついたと思えば、実はずっと先を走っている。まさに底知れぬ強さだ。

それと対峙しなくてはいけない者の心境を思うと、高尾は思わず唇(くちびる)を噛んでしまう。

しかし、改めてコート上の火神を見たとき、高尾はおやと片眉(かたまゆ)を上げた。

実力差に愕然としているかと思ったのだが、火神の表情には別の色がさしていたからだ。

事実、このとき火神が感じていたのは、悔しさや敗北感といったものではなかった。

「すげぇ……」

口から漏(も)れたのは賞賛の言葉。胸の奥にあるのは純粋な敬意。

それほど青峰はバスケット選手として究極の域にいた。

キレを増していく青峰のプレイ、桃井の予測とデータを取り入れたディフェンス力は確実に誠凛を捉(とら)え、時間と共に点差は開いていった。

第三クォーターも残り三分を切った時点で、スコアボードは誠凛56対桐皇70。

会場では誠凛の敗北が囁(ささや)かれはじめる。

それは観戦していた海常(かいじょう)チームでも同じことだった。

「誠凛もいいセン行ったと思ったが……」

と言った森山(もりやま)に、黄瀬(きせ)がすぐさま反論した。

「なに言ってんスか、勝負はまだ……！」

「いいや……もう逆転はねぇ」

黄瀬の言葉を遮(さえぎ)り、笠松(かさまつ)が静かに断じた。

「ちょっ、センパイまで……今からこの点差を返すのは無理ってことっスか⁉」

「そうじゃねえ、見ろ」

と言って、笠松はコートを顎(あご)でしゃくる。言われるがままに黄瀬はコートを見遣(みや)り、目を瞠(みは)った。

「黒子っちのマークが……」

戻っていた。

黒子封じとして今吉がついていたはずが、いつの間にか諏佐に戻っている。その諏佐が黒子を見失う様子はない。さらには、若松や桜井も視界の端に黒子を捉えている様子が見て取れた。

「まさか、見えてる……？」

黄瀬が信じられないというように呟くと、笠松がそうだと頷く。

「ミスディレクションは使えば使うほど効力が薄くなり、四十分フルに持続することはできない」

それはかつて黄瀬が笠松に言ったことだった。海常と誠凛が練習試合をしたときに伝えた、ミスディレクションの最大の弱点。

切り札であるミスディレクションが完全に切れたとなれば、誠凛に打つ手はない。

笠松は冷静にコートを見つめて言った。

「誠凛の負けだ」

もはや黄瀬は反論することができなかった。

コート上では試合が続いている。選手たちの荒い息づかいが、彼らの疲労を伝えてくる。とくに追う立場の誠凛メンバーの疲労の色は濃い。

誠凛は負ける。

観客はもちろん、「キセキの世代」を含めた全員がそう思った。

「けど、恥じることでもないで。むしろホンマたいしたもんやと思っとるんや」

誠凛の攻撃。ボールを手にする伊月の前で今吉が言った。

「一、二年生だけのチームでウインターカップ出場……。あと一年あったらもっとええセンいくやろ。来年またチャレンジしいや」

「……そんなに待てません」

独り言のような声に今吉は眉をひそめ、声の主を見遣った。

声の主は今にも倒れそうな息づかいの黒子。マークをする諏佐も訝しげに見つめていると、黒子がまたも口を開いた。

「『また今度』じゃダメなんです」

ぐっと顔をあげた黒子の瞳にはある感情が宿っていた。感情を秘めることに長けた彼がさらけ出したのは、その内に宿るけっして諦めない心。

「次じゃない……今勝つんだ!!」

それはまるで鬨の声だった。

黒子の意志に応えるように誠凛メンバー全員に再度力が漲る。この窮地に彼らの闘志は萎えるどころか、今まで以上に燃えあがっていた。

思わず圧倒される桜井たちであったが、今吉だけは冷たく嗤った。

「切り札のミスディレクションも効果切れや。気合いだけじゃなんも変わらんで？」

「それはちょっと違うな……」

伊月の言葉に今吉は眉をひそめた。伊月の意図を測りかねたのだ。

その様子に伊月はふっと口の端をあげた。

「切れたんじゃない、切れさせたんだ」

「？　…………!?」

苦し紛れのはったりか……と思った矢先だった。今吉の眼前から伊月の姿が、消えた。

（消え——なんやと!?）

振り向いたのは咄嗟のことだった。背後から聞こえたドリブル音と、床を蹴（け）り跳び上がる気配に背筋が凍る思いをしながら全身で振り向く。

そして目（ま）の当（あ）たりにしたのは、予想に違（たが）わず、伊月がシュートを撃つ姿であった。

会場が歓声に沸く。何が起きたのか誰もわからないままに。

「今吉君が一歩も動けないとは……！」

桐皇ベンチの原澤も驚いた様子でコートを見つめていた。隣にいた桃井も信じられないと首を振る。

（まさか伊月さんの新技（しんわざ）？　でもありえない！　だって今のは……テツ君の消えるドライブ（バニシングドライブ）……！）

あの技は黒子特有の『存在感のなさ』があってはじめて成功する技だ。それを伊月が使えたのはなぜ……？

考えれば考えるほど桃井は混乱した。それはコート上の今吉も同様だった。

（バカな……ありえへん！　黒子以外の選手が消えるやと……!?）

しかし、自分が体験したものを理由もなく否定するのは至難の業だった。おかげでプレイに集中しきれず、動きが散漫になる。

「あっ！」

結果、桜井に出したパスが日向にスティールされた。

ようやくの好機に日向は一気に攻めあげる。その前へ、桜井が慌てて回り込んだ。

「くっ……！」

ボールを奪われた悔しさも相まって必死にガードする桜井であったが、次の瞬間、桜井の眼前で日向が姿を消し、気づいたときにはすでに抜かれていた。

(消えたっ⁉　この日向まで‼)

振り向く桜井の視線のさきで、日向がシュートを決める。誠凛の連続シュートだった。

「うぉぉぉお、主将──！」

誠凛ベンチから歓喜の声があがる。一方で桐皇ベンチは声も出ない。

伊月に続いて、日向まで消えるドライブを使ってきたのだ。もはや偶然とは言いきれない。だがそのカラクリが見えてこない。

今吉は現状の条件を確認しようと黒子を見遣った。

荒い息を吐き、肩で呼吸しながらも闘志を燃やし続ける黒子が、ちゃんと見えている。

ミスディレクションは確かに切れ、その姿を晒（さら）している……。

（見えとる……やと⁉）

今吉は愕然とし、眼鏡の奥の瞳を見開いた。

見えるはずのなかった五人目。それが視界の隅にきちんと捉えられている。いや、捉えさせられている。

（黒子君……頼んだわよ！）

一気に体力を消耗（しょうもう）している様子の黒子に、リコは心の中で声援を送った。

黒子の最後の切り札とも呼べるこの技は——ミスディレクション・オーバーフロー。

ミスディレクションが切れて初めて使える大技（おおわざ）である。

自分の存在を意識させることで、相手の視線を味方から外すように誘導し、自分以外の味方全員に消える（バニシング）ドライブと同じ効果を与える。

コート上の各選手の位置と仲間のプレイをよく読む必要のある繊細（せんさい）な技であるが、ゲームに与える影響力は絶大だ。

それゆえに黒子は第三クォーターに冒頭から出ることで、この技を発動させることに賭けた。たとえ、この技に大きなリスクが伴おうとも。

そのリスクを早くも見抜いた男がいた。秀徳の緑間である。

「リスク？」

高尾が聞き返すと緑間はコートを見つめたまま頷く。緑間は珍しく動揺しているようだった。それほどに、黒子の選んだ道は大胆かつ、刹那的だった。

「ひとつは時間。試合終盤でしか使えないうえに黒子自身に視線を誘導するのはそう長くはもたないはず……」

「そっか……。黒子ひとりで火神四人分の役割を果たそうっつーんだからな」

「そしてもうひとつ。誠凛は未来をひとつ捨てている」

「え？」

「いまの黒子はネタばらしをしながら手品をやっているようなものなのだよ。すなわちこの試合が終われば、桐皇相手にミスディレクションをもう二度と使えない」

「……！」

相手の死角をついて動くことで、あたかもいないかのように見える幻の六人目(シックスマン)。その逆を狙うとなれば、死角から一歩だけ踏み出せばいい。思わぬ角度から現れる黒子の姿に、桐皇の選手たちは見ずにはいられない。と、同時に知るのだ。己(おのれ)の死角と、そこを黒子につかれていたことを。死角を知ってしまえば、もう黒子を見落とすことはなくなる。

「お互い同じ東京地区。この先も戦うことは何度もあるだろう。だが、火神や他の選手がいくら成長したとしても、切り札のない状態で勝てるほど桐皇は甘くない」

「つまり誠凛は、この大博打(おおばくち)を仕掛けるために……この先、桐皇に勝つための可能性を捨てたってことか？　マジかよ⁉」

高尾は険(けわ)しい表情でコート上の黒子の姿を追った。

繊細な駆け引きを繰(く)り返(かえ)す黒子はさらに体力消耗した様子で、ふらふらと止めた足は軽く痙攣(けいれん)をおこしていた。だが彼はコートを踏みしめるように足に力を込め、顔をあげた。

彼は微笑(ほほえ)んでいた。

「それでも、ここで負けるよりマシです」

静かで潔い気迫に青峰も思わず目を瞠る。ミスディレクションという技を得るまでに、彼がどれほど苦労したかを知っていただけにこの選択には驚かされた。

だが、青峰が真に驚いたのは火神が消えたときだ。

ボールを手にゴールへと走る火神の前に回り、ボールを奪おうとした瞬間、火神の顔に黒子のそれが重なった。

「!?」

それが火神の後ろに迫っていた黒子に思わず視線を奪われたことによるものだと気づいたときには、すでに火神は青峰を抜き、ゴールへと跳び上がっていた。

ドガァァァ。

青峰が振り向いた先で火神がダンクを決める。

激しく揺さぶられるゴールを見つめ、黒子は微笑んだ。

「先のことは、またそのとき考えます」

未来の選択肢を捨てて今を選択した、いさぎよく柔らかな笑顔だった。

Settlement

VS.桐皇

決着

THE BASKETBALL
WHICH KUROKO PLAYS.

WINTER CUP Highlights vol.1

黒子（くろこ）の特攻（とっこう）に近い反撃により、第三クォーターを終えた時点で、誠凛（せいりん）62対桐皇（とうおう）73と点差は十一点にまで迫っていた。

ただし状況が好転したとは言い難（いがた）い。

そして、とうとう最終クォーターの開始を告げるブザーが鳴った。

「さぁ、泣いても笑ってもこれが最後の十分だ」

日向の声に五人は立ち上がる。

「勝つぞ！」

「おう！」

勇ましくコートへと戻るメンバーに、ベンチの仲間が大きく声援を送った。

一方、声援どころか叱責（しっせき）を受けている選手がいた。

「ちょっと、青峰（あおみね）君⁉」

桃井（ももい）に咎（とが）めるように名を呼ばれ、タオルを頭からかぶった青峰がのそりと顔をあげる。

「は？　なんだよ？」

「なんだよじゃないでしょ！　始まるよ！　みんな行ったし！」

桃井の言ったとおり、青峰以外の桐皇の選手たちはすでにコートに向かっている。

ブザーが鳴ったことをようやく理解したのか、青峰がベンチから立ち上がった。

「指示とか聞いてた？」

桃井が急（せ）かすように尋（たず）ねると、タオルをとりながら青峰は言った。

「ワリ、聞いてなかった」

桃井は思わず息を呑（の）んだ。普通のマネージャーであれば、頭を抱えそうな返事であったのに、彼女の胸に湧いた想いはそれとは少し違った。

（もしかして……）

コートへ戻る青峰の背を見つめながら、桃井は自分の胸元を軽く摑（つか）む。

あれは、かつてはよく耳にしたフレーズだった。

『ワリ、聞いてなかった』

集中しすぎると、周囲の声が聞こえなくなってしまう。青峰は、注意してくるチームメイトに、よく笑って謝っていた。彼がバスケを純粋に楽しんでいたころの話だ。

コートへと戻っていく青峰の背に、あの頃の彼が重なり、桃井は胸元を掴む力をぎゅっと強めた。自然と早まっていく胸の高鳴りに、ずっと諦めていた期待が蘇っていくのを感じる。

(少しだけ……けど確かに、昔の青峰君に戻ってる?)

いつからだろう。

試合の日の朝、あくびをしながら家を出るようになったのは。

いつからだろう。

勝っても何も感じなくなったのは。

ただオレは、すべてをぶつけさせてくれる相手がほしかった。

ずっと望んでいた、勝つか負けるかわからない、ギリギリのクロスゲーム。


暗闇の中、青峰は足を止める。

眼前には空を分断するような巨大な門が立ちはだかっていた。

門の扉はきつく閉ざされ、来る者を拒むような威圧感に溢れている。

たが青峰は躊躇することなく、扉に両手を添えた。

どくん、と扉は震えた。

まるで彼がここに来たことを喜ぶように。扉の先にあるものを求めたことを祝福するように。

扉の先で待つ世界の名は『ゾーン』。

その領域に至れば、余計な思考感情がすべてなくなり、プレイに没頭できる、究極の集中状態のことである。選手の持っている力を最大限引き出す半面、練習に練習を重ねた者だけが扉の前に立つことを許され、それでもなお気まぐれにしか開くことはない、選ばれた者だけが入ることを許される、スポーツを愛する者の究極の領域。

——だが青峰のセンスはそれを嘲笑うように、扉を自力でこじあける。

『ゾーン』へと足を踏み入れた彼の瞳の奥に新たな炎が宿った。


「感謝するぜ、テツ……」

青峰の呟きに、黒子は小さく目を見開く。と、同時に日向が放ったフリースローが決まった。

シュートを撃とうとした日向に対する桜井のファウルで得た、フリースロー三本。それらすべてが決まったことにより、ゲームはとうとう混戦に入った。

第四クォーター序盤にして誠凛83対桐皇86。点差は三点にまで迫っていたのだ。

この状況での青峰の呟き。彼の真意がわからず、黒子は一抹の不安を感じながらもコートへ駆けだした。

不安の正体はすぐに姿を現した。

最初にそれと直面した火神は、何が起きたのか理解できなかった。

すべては一瞬だった。

青峰のガードについたはずなのに、身体が動かない。

いや、自分が反応するより早く、青峰が己(おのれ)を抜き去ったのだと理解した直後、床(ゆか)を蹴(け)り、跳(と)び上(あ)がる音が背後から聞こえた。

振り返り見たのは、悠々(ゆうゆう)とシュートを決める青峰の姿。この試合中、嫌(いや)になるほど見てきた青峰のシュートであったが、火神は直感した。

今までのプレイとは次元が違う。

流れるような動きには無駄(むだ)がなく、スピードのキレはさらに増している。全身から溢れる熱量は相当なものなのに、それに呑(の)まれるどころか、ひどく冴(さ)えた眼差(まなざ)しから底知れぬ集中力を感じさせる。

まさか……という思いが火神の脳裏(のうり)を掠(かす)める。

——青峰は『ゾーン』に入っている。

「キセキの世代」の選手たちもまた、青峰の変化の正体に気づいていた。

これが……と興奮と興味が胸中に沸く。

彼らさえもはじめて見る、青峰の本当の姿。

未知の領域に踏み込んだ彼が何をするのか、誰にも予想がつかない。

ただ脅威だけは、誠凛の選手たちにはすぐさま体感できた。

バシッ！

日向のパスボールが青峰の手に弾かれる。むろん、日向としても注意を払ったうえでの素早いパスであったが、青峰はそれを上回る動体視力とスピードでボールを奪い去った。

（やべぇ！）

日向は慌ててあとを追おうとするが、「追わねば」と思ったときにはすでに青峰の背は遠くへと走り去っていた。

（なんて速さだ！　今までの倍は速い！）

驚愕する追手を置き去りにしてゴールへと直進する青峰。このままフリーでゴールかと思われたが、ギリギリ戻ってきた伊月と火神が彼の前に立ちはだかった。

（行かせるか！）

伊月と火神の瞳に強い意志が光る。

反して、青峰の瞳には鋭く冷徹な炎が揺れ、光の尾を引いた。

ズバッ！

伊月と火神は揃って振り向いた。

背後のゴールでは青峰がダンクを決めている。

見えていた。青峰が自分たちの間を抜いていくのは見えていたが、動けなかった。動く暇もなかった……！

二人がかりでも止められないスピードはもはや『脅威』そのものがコートに降り立ったといってもいい。

努力も作戦も、なにもかもを嘲笑うような圧倒的な『脅威』。しかもタイマーはまだ第四クォーター半ば。いくらでも引き離される可能性のある不利な状況の中で誠凛の選手たちは、吼えた。

「諦めるか！　あと五分だ！　死んでも食らいつくぞ!!」

「おお！」

日向の声に選手たちが呼応する。

圧倒的な強さにうちひしがれることなく、心がくじけそうになる一瞬さえも惜しいとばかりに動いてボールをつなぎ、シュートを決めた。

「すごいぞ、みんな！」

「まだ気迫充分だ！」

仲間の奮闘に、誠凛ベンチはさらに声をはりあげ声援をおくる。

「誠凛、誠凛、誠凛！」

熱意と心のこもった声援、奮起する選手陣。今吉（いまよし）はふと口元を緩（ゆる）めた。個人プレイを基本とする桐皇とは真逆の、一致団結したチームプレイ。それが誠凛だ。

（わかっとるで……。はなからここまできて諦めるタマやないやろ……。ただなぁ、それでも……）

「いいねぇ、そうこなくちゃ、よ！」

ガガンッ！

楽しげな声と共に、青峰のシュートが決まる。

黒子、火神、木吉のトリプルチームをものともせず、バックボードに投げつけるように放ったシュートは狙い澄ましたようにネットを通過した。

たとえくじけない心があっても、常識を凌駕する圧倒的なプレイは、気持ちだけでは乗り越えられない疲労を思い出させる。

荒い呼吸に肩を上下させる日向たちの様子に、今吉は目を細めた。

彼には絶対的な信念があった。たとえどんな挑戦者が現れようとも覆されることのない、青峰が桐皇に来たときから、彼の内に宿るもの——。

「それでも、最強は青峰や」

その信念は一度も裏切られたことがない。


誠凛が申請したタイムアウト。ベンチに戻った火神が発した言葉は意外なものだった。

「センパイ、ちょっと頼みが……。青峰とサシでやらせてくれ……です」

「サシで⁉」

ぎょっとする一同の気持ちを代弁するように、小金井が目を丸くして聞き返す。

「なんか勝算でもあんのか⁉」

「いや……ないっす」

「ええっ⁉」

さらに目を丸くする小金井に、火神は力強く断言した。

「けど、やる」

みんなが戸惑うのも当然だと火神にもわかっていた。けれど、これだけはゆずれないと、己の勘が告げていた。

「いまさら『キセキの世代』相手にひとりで勝とうなんてつもりはないし、もしそれがチームの勝利のためなら、喜んでベンチにだって入る。それでも、アイツだけはオレがひとりでやらなきゃダメなんだ」

ひときわ決意を強くする火神の横顔に、黒子は記憶を揺さぶられる。

『オレに勝てるのは、オレだけだ』

記憶に残る、孤独の淵に立ってしまった相棒の横顔。あのときの絶望を思うと、胸が痛い。そしていま、あの絶望に挑んでいこうとしている者がいる。

「わかった」

と、日向はぐいっと火神の首に腕を回した。

「二分やる。エースはおまえだ、好きにやれ」

火神が横目で見れば、日向は前を向いたままだった。もはやアイコンタクトをしなくても気持ちは伝わる。ただ前を見ろ、勝ちに向かって進め。

「その間はオレらが全力でくらいつく。託すぜ、火神！」

タイムアウト後の陣形に、観客はざわついた。

ボールを手にした青峰の前には、火神ひとりが立ちはだかったからだ。

（ここにきてエースに託すか。けど、正気の沙汰とは思えへんで）

今吉が眉をひそめる。三人でも止められなかった青峰に火神ひとりで挑むのは、無謀以外のなにものでもなかった。

「オレとタメはるつもりかよ？」

ボールを狙う火神の手から、巧みにボールを遠ざけて青峰は言った。

「けど、お前にゃ無理だ。言ったろう？　お前の光じゃ淡すぎだってよ」

青峰の瞳に冷徹な光が灯った瞬間、火神の横を残像が通り抜けた。

「っ！」

火神は慌てて追ったが、すでに青峰はゴールへと跳び上がったあとだ。

「させんっ！」

ゴール下にいた木吉がすかさず手を伸ばしてブロックに跳ぶ。けれどボールは木吉を嫌うようにネットに吸い込まれた。

あざやかなプレイに客席からは歓声があがる。もはや誰の目から見ても青峰の優位は明らかであり、一対一の作戦は失策に映った。

けれど誠凛は違った。

「負けるか！　絶対とり返すぞ！」

日向の声に一同が応え、素早くインすると、伊月を中心に攻めあがる。

ドリブルする伊月の前に今吉が現れると、すぐさま黒子が反応した。と同時に、伊月が狙いをさだめて動く、ミスディレクション・オーバーフロー。

今吉の視界から姿が消え、その脇を伊月が抜けていく……。

「なっ⁉」

思わず伊月の口から声が漏れた。抜いたと思ったはずの今吉が、伊月の動きに反応してついてきたのだ。

（タイミングがズレた……⁉　違う、オーバーフローの効力が切れ始めたんだ！）

まずいと思った矢先、今吉の指先がボールに触れた。ボールは伊月のシューズにぶつかり、大きく跳ねてコートの外へ飛んでいく。

（やべぇ！　ここでボールが出たら！）

ボールは桐皇に渡り、ゲームの流れが変わってしまう。焦る日向の視界の隅で、影が素早く走った。

「まだだ‼」

ラインを割りそうになったボールに飛びついたのは、黒子だった。

横跳びでボールに手を伸ばし、渾身の力でコートへと投げ戻す。ボールは日向の手に渡ったが、黒子自身は大きな音をたててフェンスに激突した。

「黒子君！」

リコが思わず叫ぶ。同時に、木吉も叫んだ。

「日向!!」

声に反応した日向は振り向きざまボールを木吉へとパスした。キャッチした木吉は大きく床を蹴り、シュートを放つ。

シュパッ！

危なげないシュートが決まり、誠凛は二点を返した。

青峰が引き離した二点を、誠凛はすぐに返してみせた。

「ここで離されるわけにはいきません……」

痛みを堪（こら）えながら立ち上がる黒子に、青峰は振り返る。

「みんなの想いを背負（せお）ったエースは絶対に負けない。信じてますから、火神君を」

黒子はふっと微笑（ほほえ）む。火神への信頼はもちろんだが、チームの誰もが信じている心強さが、彼の口元を緩めさせた。

そしてそれは、青峰にとって一番遠い微笑みだった。

踵(きびす)を返して走り去る青峰の背に、誠凛の応援が重なった。

「ディーフェンス！　ディーフェンス！」

誠凛ベンチが、喉(のど)が切れそうなほどの声で叫び、床を踏みならす。

コート内では、青峰と火神の一対一(ワンオンワン)が続いていた。

しかしいくら火神がボールを狙おうとも、青峰はたくみに避(よ)けてシュートを決めてしまう。前半戦で一度は捉(とら)えたと思ったのが嘘(うそ)に思えるほど、段違いのスピードでボールを操り、青峰は火神を抜いていく。

約束の二分が迫る。火神はなにもできていないというのに。

（くそぉっ！　なんでだよ……！　なんでオレはこんなに弱(よえ)ぇんだ……！）

ドリブルで攻めあがる青峰の前に立ちはだかりながら、火神の心は叫んだ。

（ここでやらなきゃ、いつやるんだよ！　絶対に勝つんだ！　嫌なんだよ、もう負けるのは！　嫌なんだよ、こんなところで終わっちまうのは！）

心は叫ぶ。けれど、無情にも青峰は火神の横を抜き去った。目で追うのが精一杯の火神の脳裏に、仲間の姿が浮かんだ。うなだれた相棒の姿が。
(嫌なんだよ、もう……泣いてる仲間を見るのは!)
――ヂリッッ。
鈍い音が響いた。
予想外の感触に青峰は振り返る。
一度手にすれば、シュートを撃つまで必ず手元にあったボールが、奪われていた。
奪ったのは、背後にいた火神。
(ありえへん!)
スティールされ、ラインを割って転がっていくボールを見遣ったまま、今吉は唸った。
(ゾーンに入った青峰に反応したやと? そんなことが……)
しかし、現実には火神はボールを奪ったのだ。それはある可能性を示唆していた。
(まさか……火神君も……!?)
リコも同じ可能性に気づき、火神へ目をこらす。
全員の注目を集めた彼は、静かに青峰と向きあっていた。

冷静な表情を浮かべながらも、瞳の奥に情熱の光をともすのは、ゾーン特有の証（あかし）。

青峰に勝つために、火神もまたゾーンへと入ったのだ。

「前言撤回するぜ、火神ィ」

青峰は笑った。斜（しゃ）にかまえた笑（え）みではなく、少しだけあの頃のように。

「サイコーだな、お前！」

青峰の瞳に宿った光がさらに輝く。彼が火神を挑戦者として認めた瞬間であった。

ダム、ダム、ダム、ダム……。

一定のリズムでボールが床を叩（たた）く。

ボールを手にしているのは火神。対峙（たいじ）するのは青峰。

ふたりはじっと動かない。それは他の選手たちも同じだ。ゾーンに入ったふたりには近寄りがたい雰囲気があり、果たしてこれから何が起こるのか予想もつかない。

張り詰める空気。そのなかで、火神が動いた。同時に青峰も。

（なんや、これは……！）

今吉は目を疑った。

速すぎる。

ダダダダダダッ、キュ、キュ……！

青峰と火神の攻防は、スピード、技巧、どれをとっても余人の出る幕はなかった。なにより速すぎる戦いに、目が追いつかない。

ダダダッ、ダッ、バシンッ！

今も慌てて振り向けば、火神のダンクを青峰が弾いたところであった。

「ひっ」

呆気にとられていた桜井が流れ弾をキャッチし、怯えた声をあげる。

すぐさま走って戻る青峰、追う火神。ふたりのうしろ姿を見て、ようやくボールを返すことに思い至った桜井が慌ててロングパスで青峰に繋ぐ。

ボールを手にした青峰は、火神をふりほどこうと右、左と細かく切り返して翻弄する。

だが、火神はぴったりとつき、離されない。

一瞬の隙をつき、青峰がフェイドアウェイシュートを放つ。力強く正確にボールは飛ぶ。

——が。

ビッッ。

ゴールへ届く前に高く跳び上がった火神が弾き飛ばした。

「うわっっ」

弾かれたボールは取材席の中へ飛び込み、シャッターを切ることも忘れて見入っていたカメラマンに驚きの声をあげさせる。

(これが……)

今吉は頬をつたう汗の冷たさを感じた。

(ゾーンに入った者同士がぶつかりあうと、こうなるんか⁉)

もはや次元が違うとしか言いようがない。なにしろ、ふたりを追って走るだけで精一杯なのだから。

ダダダダダダダダッ!

止まることなくコートを駆けていく選手たちの熱量が、振動となってベンチに座る小金井たちにも伝わってきていた。

繰（く）り広（ひろ）げられる熱戦の振動は途切（とぎ）れるときがない。つまり、

「もう一分近く点が入ってない……」

愕然（がくぜん）とする小金井がぽつりと呟いた。

スコアボードは誠凛93対桐皇98のまま、残り一分を切ろうとしている。

「どうなっちまうんだ、これは……？」

土田（つちだ）の呟きは試合を見つめる者たち全員の思いを代弁していた。

ゾーンに入ったことで集中力と反射速度が最高を超えたふたりが競いあっているのだ。

ラチがあくわけがない。

それでもふと気になることがあり、観戦していた秀徳（しゅうとく）の高尾（たかお）が口を開いた。

「両チームエース一辺倒（いっぺんとう）なのはどうなんだ？　他の四人でボールを回せば点は取れるんじゃないのか？」

「ムダなのだよ」

熱戦の続くコートから視線を外さずに緑間が言った。

「おそらく結果は変わらない。ゾーンはただ100パーセントの力を発揮するだけのものではない。不必要な情報はすべてカットされ、そのぶん目の前の相手だけでなく、他の選手の位置や動きなど必要な情報の処理能力が向上する」

「……は？」

「要は『視野が広がる』のだよ。加えて片や高校最速の男と、高校最高の男だ。守備範囲は常人のそれをはるかに超えている」

そのふたりを前に、他の選手たちによる攻撃は逆に大きな弱点になりかねない。

「だからこそ、勝負の行方はふたりのエースに託された」

と言ったのは、会場の一角から観戦していた海常の笠松であった。

コート上で激しく競りあう青峰と火神。誰も寄せつけない、一瞬の隙も許されない、ふたりの熱戦を見つめて、黄瀬は苦笑するように口の端をあげた。

(そんな場面で……いや、そんな場面だからこそっスか)

同じエースだからこそ、託されたものの重さがわかる。だがそれ以上にわかるものがあった。選手であれば、抱かずにはいられない感情。

(……青峰君、楽しそう)

桃井は夢を見ているような思いで、コートを走る青峰を目で追いかけた。

火神とボールを取り合う青峰は、目を輝かせ、弾む息とともに口元を緩ませている。

ずっと見ていなかった、バスケを楽しんでいる青峰の笑顔。

バスケに夢中になっている彼本来の表情だった。

青峰の変化にコート上の誰もが驚き、目を瞠った。だが、誰よりも驚いていたのは黒子だった。流れる汗をぬぐうのも忘れて青峰と火神の勝負を見守った。なにより、目が離せなかった。

ふたりのエースが散らす火花は会場すべてを魅了し、永遠に続くかに見え、また誰もがそうあってほしいとさえ思っていた。だが、決着は突然訪れた。

誠凛の攻撃。ボールをキャッチした火神の前で青峰が備えた、次の瞬間。

「!」

青峰は目を瞬いた。感じたのは、脇をすり抜けていく風圧。

火神が、青峰を抜いていた。

動けなかった青峰を残し、火神はゴールへと侵攻していき、
シュパッ。

久しぶりに揺れたネットが張りのある音をたてる。と同時に、館内は歓声に揺れた。

「うぉぉぉ、火神――！」

「これで三点差だ‼」

ベンチの小金井たちが声をあげ、手を叩きあって喜びあう。コート上でも日向たちが火神の頭をはたくようにして喜びを分かちあった。対して、桐皇メンバーは呆然と立ち尽くした。

（バカな……。どうなっとるんや。火神のほうが速いやと……⁉）

ボールをコートに投げ入れながら、今吉はまだ信じられずにいた。ずっと保たれていた拮抗状態。崩れた理由がわからない。

コートに戻されたボールはすぐさま青峰へとわたった。当然のように火神がつき、ふたりの勝負が再開される。だが、ここでも異変が起こる。

青峰が火神を抜けないのだ。

右、左と青峰は仕掛けるが、火神はぴたりとつき、青峰を進ませない。

青峰自身驚いた様子で身体を起こし、態勢を整えているのを見て、今吉は異変の原因に気づいた。

（違う!!　火神のほうが速いわけやない！　これは、ゾーンのタイムリミット……！）

己の１００パーセントの力を発揮できるゾーンだが、その反動は小さくはない。体力の限界は、やがて集中力切れを呼び、ゾーンの終焉を招く。

理由はわかったが、同時に新たな疑問もわいた。

（なぜ青峰だけ……!?）

激しい接戦を繰り広げてきたふたりだ。あとからゾーンに入った火神のタイムラグを考えても、両者ともに限界に近いはずだ。

（ざけんな……！）

荒い息を呑みこみ、青峰はギリッと歯を食いしばる。

対峙する火神のゾーンが切れていなかったので、自分のゾーンが限界に近いことに気づくのが遅れたが、さすがに集中力が切れ始めたことは認めざるをえない。

おかげで、余計なことまでも思い出す。

『みんなの想いを背負ったエースは絶対に負けない！　信じてますから、火神君を』

黒子が語った信頼の言葉。それが意味するものは――。

(ざけんな！　そんなことでオレが……！)

青峰は渾身の力でうしろへと跳び上がった。一瞬の隙をつかれた火神も追いつけない、まさにフリー状態。

「おおおお！」

青峰がボールを放った。目指すゴールに邪魔者はいない。

――このシュートは決まる。

青峰を知る誰もがそう思った。

だが。

「おおおおお！」

ゴールを目指すボールの前に、あとから跳んだにもかかわらず火神の手が伸びていた。

　空中で交(まじ)わるふたりの視線。強い意志を宿した火神の瞳が語っていた。

　——青峰、お前は強(つ)ぇーよ。一対一(ワンオンワン)ならマジで勝てなかった。タイムリミットなんてオレだってとっくにきてた。それでもまだ戦えるのは……支えがあるからだ。

　ひとり分の力じゃねーんだよ。みんなのために……。

「ぜってー勝つ!!」

　バゴォォ。

　火神の手がボールを弾き飛ばす。青峰の放った渾身のシュートを強く、強く。

「——っ！」

　愕然とした表情で体勢を崩して落下する青峰を残し、火神は駆けだす。ボールはまだ生きている。火神の動きに合わせて、誠凛の他のメンバーも一斉(いっせい)に動きだした。

　最初にボールに追いついたのは伊月。彼はすばやくボールを拾(ひろ)うと先行する日向へ回した。日向はボールを受け取るとドリブルでゴールを目指す。もちろん桐皇も黙って見てはいない。桜井と若松(わかまつ)が猛烈(もうれつ)なスピードで追いあげ、日向へ迫る。

　けれど、ふたりが日向の前に回り込む寸前、日向はゴール前で踏みきっていた。

シュパッ。

シュートが決まり、スコアボードの点数が変わる。誠凛97対桐皇98。

「一点差だ！」

ベンチで小金井がガッツポーズを取った。その隣で、降旗が顔を曇らせた。

「でも、残り三十秒……!!」

彼の言う通り、タイマーは残り時間三十秒を切っている。下手をすれば、ボールの奪いあいで終わりかねない、まさに刹那の戦い。

だからこそ、可能性もあることを誠凛のメンバーは知っている。

「いける！　絶対いけるさ！」

土田が力強く確信をもった声で言うと、他のメンバーたちも同意するように頷き、最後に降旗もぐっと口を結んでこくりと頷いた。

心がひとつになれば、ベンチのすることはおのずと決まる。

「ディーフェンス！　ディーフェンス！」

コート内の仲間を励まし、少しでも力を送ろうと声を張りあげた。

誠凛の応援に力が入る一方で、諏佐(すさ)は静かに手を差し出していた。

「大丈夫か？」

彼の視線の先にはコートに座り込んだままの青峰がいた。いつまでも立たずにいる青峰の姿は、どこか痛ましいように見えた。しかし。

「さわんな。ちょっとつまずいただけだろーが」

と、青峰は諏佐の手を払いのける。その声は、勝負に負けた弱者のものではない。

「ジャマすんなよ。イイトコなんだからよ……。こっからだろーが、一番テンションがあがんのは……」

ゆっくりと立ち上がった青峰は不敵な笑みを浮かべていた。瞳は輝き、闘志がみなぎっている。

限界かと思われたゾーンも、闘志を吸収して再燃していた。

エースの気迫はチームを動かす。

動揺したかに見えた桐皇勢もまた、息を整え、闘志をみなぎらせた。

残り三十秒弱の試合は桐皇ボールで再開された。

「一本！」

日向が仲間たちへ大きく叫ぶ。

「死んでも止めんぞ！」

火神が、伊月が、木吉が、そして黒子が、最後の力を振りしぼり、コートに散らばる。

ゲーム終盤にもかかわらず、体力を一番すり減らす、マンツーマンディフェンスを選んでいた。

「……いいディフェンスだ」

観戦する赤司が口元を緩めて褒めるほどの、渾身のものだった。

ボールを手にした今吉は、対峙する伊月から肌がチリチリと焼かれるような熱い闘志を感じていた。全身全霊をかけたディフェンスに、今吉は細い瞳を静かに開く。相手がすべてを賭けるように、今吉も賭けているものがある。一度も疑ったことのない、たったひとつの信念。

「それでも最強は青峰や」

今吉は大きくふりかぶりボールを投げる。

バシッ！

凛とした音を響かせ、青峰がボールをキャッチする。当然ながら目の前には火神がぴったりとマークしていた。

睨みあう青峰と火神。一瞬の間のあと、青峰が動いた。ドライブで切りこみ、火神の脇を抜きにかかる。が、すぐに火神が反応し青峰の侵攻を止めた。青峰はゴール下へ入り込む隙を狙い、サイドへ進む。ぴたりとついてくる火神。エンドライン付近までくると、今度は木吉もガードに加わり、迫った。もはや青峰にシュートスペースはなく、袋小路に追い詰められた――そのとき。

「！」

火神は見た。追い詰められたはずの青峰の目が生き生きとしているのを。

まずい、と直感した直後、青峰はボールを摑むと、エンドラインの外へ倒れ込むように跳び、シュートを放った。

ボールは誰にも邪魔されることなくゴール裏から天井めがけて飛んでいき、ゴールネット上で落下へと向きを変えた。

（そんな……ここにきて、まだそんなシュートが打てるのか……⁉）

伊月が驚愕に目を見開き、

（くそ……バケモンめ……！）

日向が悔しさに歯を食いしばる。

シュパッ。

一同が見上げる先で、ありえない軌跡を描いたボールがネットを通過した。

「うわぁ、決まったー！」

「桐皇、とどめの一撃……！」

観客がどよめくなか、桐皇の点数が100へと変わる。驚異的なシュートを放った男は、かはっと笑った。

「負けるかよ……!!　勝負ってのは勝たなきゃなんも面白くねーんだよ」

見せつけられた力の差に火神はぐっと歯を食いしばるが、すぐさまオフェンスに駆けだした。桐皇の攻撃を終えて、残り時間は十五秒を切っていたのだ。

「やべぇぞ、時間がもう……!」

秀徳の高尾が思わず眉を寄せ、渋い顔をする。

「もはや誠凛に延長を戦う力は残ってねぇ。スリーポイントで同点じゃダメだ。どうしてもあと二本いる……!」

海常の笠松も神妙な顔でコートを見つめた。彼らの目から見ても、誠凛のメンバーの体力は限界に近い。頼みのミスディレクション・オーバーフローも効果が切れて使えない有様(ありさま)だった。

もどかしさが黄瀬の胸を襲った。

(このまま終わったら……結局前と一緒じゃないっスか。そんなん見たかねーんスよ!)

思わず拳を握(にぎ)りしめたのは、己の悔しさも同時に押し寄せたからだったのかもしれない。

黄瀬は顔をあげて叫んだ。

「勝てぇ、誠凛‼」

「絶対諦めんじゃねぇー！」

笠松も叫び、海常のメンバーも次々に誠凛に声援をおくる。しかし、ピンチは変わらない。ボールを手にした日向は猛烈なプレッシャーをかけてくる桜井に攻めあぐねていた。

「くっ…………っ⁉」

日向はハッと顔をあげた。体力の限界が近いにもかかわらず、猛ダッシュしてくる足音を聞いたのだ。

「主将（キャプテン）‼」

「火神‼」

駆け寄ってきた火神に日向は最後の力を振りしぼって力強いパスを出す。

バシッ！

ボールをキャッチした火神はすぐさまゴールへと向かった。

「決めてくれ、火神！」

日向の声を背中に受けて、火神は走る。当然のようにガードには青峰がついていた。

火神は青峰を振りきるように、ゴール目がけて跳んだ。誰も追いつけない高さを目指し、利き足で、力いっぱい踏みきる。

「おおおおおおお！」

まずは二点。ダンクを決めて、ゲームに風穴を開ける……！

チームの願いを引き受けた火神の手が、ボールをゴールへと運ぶ。しかし、その軌道上に阻む手が現われた。

ガシィッ！

青峰の掌がボールを押さえつける。必死な形相でボールを押し返そうと力がこもる。

一秒と一秒の狭間で、火神は直感した。

（ヤベェ。このダンクは止められる……！）

時間はもはや残り六秒を切っている。ターンオーバーされたら、最後だ。

（どうすりゃいいんだ、くそぉ……！）

焦る火神の耳に、ひとりの声が響いた。

「火神君！」

「!!」

瞬間、火神の視界が広がった。

跳び上がった自分、目の前にいる青峰。背後にいる黒子。そしてサイドにいるのは……。

火神の手に力がこもる。ゴールを目指すのではなく、サイドへとボールを投げ渡した。

（パス……だと……!?）

青峰が瞠目（どうもく）する。横目で見た先にいたのは、ボールをキャッチする木吉。

「いっけ〰〰〰!!」

誠凛ベンチが声をあわせて叫んだ。木吉もすぐさまシュートフォームに入るが、

「させるかっ！　うぉぉぉぉぉ！」

若松が木吉の前で跳び上がった。力強いガードを見上げ、木吉は瞬時に決断する。

（パワーでは負けている……！　だが、逆転のチャンスを創（つく）るにはやるしかない！）

伸ばそうとした腕を一度戻し、深く沈みこむ。シュートのタイミングをずらしたフェイクに、若松は目を見開いた。

（テメェ、まさか……！）

木吉の意図を察したが、自由のきかない空中にいては手立てがない。

気合いとともに木吉がシュートに跳び上がる。

「うぉぉぉぉ！」

ガシッ！

空中で若松の身体が木吉に接触した。

ピーッと、審判がホイッスルを鳴らすのと同時に、木吉はシュートを放った。

ガンッ、ゴロン、ゴロン……。

ボールはゴールリングに当たって一度跳ねると、リングの内側をごろごろと転がり、やがて中へ落ちた。

「ディフェンスプッシング黒6番、バスケットカウントワンスロー！」

審判の宣言に、館内は興奮のるつぼと化した。

木吉のシュートが決まったことにより、点数は一点差。その上、フリースロー一本が与えられたのだ。決めれば同点に追いつく。

誠凛ベンチは言葉にならない喜びの声をあげ、日向たちは火神の手を借りて立ち上がる木吉へと駆け寄った。

喜びあう選手たちを見つめながら、リコは感動に打ち震えた。

(すごいわ、鉄平(てっぺい)……！　しかもそれよりさらに驚かされたのは、火神君のアシスト……！　もともと夏から空中戦を向上させるために左手のハンドリングをずっと練習していた……それが、ゾーンに入ったことで、この土壇場(どたんば)でモノにするなんて……！)

リコが見つめる先で日向たちの歓喜の輪はまだ続いていた。やがて落ち着きを取り戻した選手たちは何かを話しあい、フリースローの準備に入ろうと散らばった。

ゴール下へ移動する途中で、火神は青峰とすれ違った。

「やってくれんじゃねーか……！」

「………」

すれ違いざまの言葉に火神は何も返さなかった。ふたりの勝負にはパスで勝ちを得た。けれど最後の勝敗を決める勝負はいまから始まるのだ。いまさら語る必要はない。

ただ、憎まれ口を叩きながらも、どこか楽しげな青峰の表情が不思議と印象に残った。

「残り五秒……決めれば同点、延長か……」

フリースローの準備に入った選手たちを眺めながら高尾が呟くと、

「だが、それでは死路に向かうことになる」

と緑間が言った。

「誠凛が勝つには、ここで逆転するしかない。そのためには……」

(このフリースローは必ず外れる。……いや、外してくるはずや)

フリースローラインに向かう木吉の後ろ姿を見つめながら、今吉は鋭く目を光らせた。

セットにつく前に桐皇メンバーにも確認したが、この先のシナリオはひとつしかないのだ。もちろん、誠凛メンバーもそれに気づいていた。このフリースローは外さなくてはいけない、と。

「それを奪って決める。勝つ方法はそれしかねぇ」

フリースローの準備に入る前、日向は仲間たちに言った。

「こっちはもう万策出しきってギリギリなのにひきかえ、向こうは体力もベンチの層の厚さも余力がある。同点延長じゃ確実に負けだ。だが……シューターが木吉ってことは、セットするのはオレと火神だ。オレも当然全力で取りにいく……それでも、可能性があるとしたら」

と言葉を切り、日向は火神に向き直った。

「火神、お前しかいねぇ！」

セットについた火神は、日向の言葉とあのときの仲間の視線を思い出していた。エースを信じた熱い視線だった。

その想いに応えたい。火神は息を整え、意識をコートに集中させた。

ピッ。木吉がフリースローラインに立ったことを知らせる笛が鳴る。

「ワンショット！」

審判が宣言し、ボールを木吉に渡す。

（これがラストプレイだ。リバウンド勝負！）

木吉を見つめる選手たちの心がひとつとなる。

コートにいる選手だけではない。会場にいるすべての者が木吉の動きを見守っていた。

木吉がボールを両手で摑む。慣れ親しんだ重さをいま一度確認するようにぎゅっと両手で押さえると、厳かに掲げ持ち、ゆるやかに膝を曲げて……。

投げた。

ボールはふわりとゴールへ飛び、リングに当たって軽やかに、跳ねた。

「うおおおおおおっ！」

反応は桐皇のほうが早かった。ゴール下にいた若松と諏佐が気合いと共にすぐさまジャンプした。ふたりの手がボールへと伸びる。が、弾き飛ばそうと伸びる手の間を縫って、遅れて伸び上がってきた腕があった。

火神だ。

「なっ……!?」

若松と諏佐は驚愕に目を見開いた。あとから跳び上がった火神が誰よりも高い位置でボールを摑んでいた。

ボールを摑んだ手は向きを変え、ゴールに押し込もうとする。そこへ、
気迫の雄叫び（おたけび）をあげて青峰の手がボールに触れた。

バチィイイイッ。

「うぉあああああああ！」

青峰の渾身の力は火神からボールを奪い、大きく弾き飛ばした。

「なっ⁉」

驚愕する木吉の視界の隅（すみ）を、ボールを追う今吉と伊月が駆け抜けた。

ボールはセンターラインを越えて飛んでいく。遅れて今吉たちが追いかけるが、追いつかない。いや追いついたとしても伊月より今吉のほうが早い。

残り時間は四秒。

「フリーだ！　そのまま決められる！」

桜井が勝利を確信し、笑みを浮かべた。

（ウチの勝ちだ‼）

それは今吉も同じ思いだった。ボールを追いかけながら、思わず笑みが漏れる——直後、

その表情が固まった。

（ちょお待てや。なんで……なんでお前がそんなトコにおんねん……！）

誰もいなかったはずの前方にボールを追いかける選手がいた。いままさにボールに追いつかんとする彼の名を、今吉は叫んだ。

「黒子ぉ！」

ありえないことだった。青峰の味方である今吉でさえ、一瞬火神にボールを取られたと思ったのだ。このため、青峰がボールを弾いて動きだすまでにコンマ何秒か遅れた。それよりも早く動きだしていたということは。

「火神ではなく……青峰のほうを信じたっちゅうんか⁉」

「……いいえ、少し違います」

黒子はちらりと振り向き、答えた。

「ボクが信じたのは両方です」

言い終えると同時に黒子は大きく回り込んだ。視界には追い越したボールと反対側のゴールと、信じたふたりが見えている。黒子は身体を捻（ひね）り、構えた。

「でも、最後に決めてくれると信じているのはひとりだけだ！　火神君!!」

最後の最後、渾身の力で放ったのは加速するパス・廻。

ボールは螺旋の力を受けて、唸る音をたててコートを弾丸のように飛んだ。一直線に、ゴールに向かって。

「うぉおおおおおお！」

青峰と火神、ふたりが跳び上がったのは同時だった。両者の手がボールに伸びる。

バチィイッッ！

高い音を響かせボールをキャッチしたのは、火神。

「いけぇ、火神――――!!」

誠凛のベンチが、伊月が、木吉が、日向が、そして黒子がエースの名を叫んだ。

仲間の声援に火神の表情がさらなる気迫に満ちるのを、青峰は見た。かつてないプレッシャーに思わず目を見開いたとき、思い出す声があった。

『それに青峰君よりすごい人なんて、すぐ現れますよ』

――ありえねぇ。オレに勝てるのは……。

「うぉぉぉぉぉぉぉぉ!!」

雄叫びを館内に響かせ、火神は身体を捻る。

残された力すべてを左手に流しこみ、ブロックの青峰を抜き、ボールをゴールへ叩きつける。

ピ――――ッ。

誰もが言葉を失い、静まりかえったコートに審判の笛の音が長く鳴り渡った。

スコアボードは誠凛101。対する桐皇は100。タイマーはゼロで止まっている。

ゆっくり、火神は拳を突き上げた。

「タイムアップ!」

審判の声が試合終了を告げた。

「うをぉぉぉぉぉぉぉ!!」

一斉(いっせい)に鬨(とき)の声をあげる誠凛メンバーたち。ベンチでは跳び上がって喜びあい、リコは嬉し涙を笑顔で拭(ぬぐ)った。コート内では木吉と日向が火神の頭をガシガシとかき回し、伊月と黒子は肩を組んで拳を振り上げた。いつもは無表情を崩さない黒子も口を大きく開けて笑顔を見せている。

　一方、桐皇メンバーは静まりかえっていた。今吉はわずかに俯いて息を整え、諏佐は呆然と立ち尽くしている。桜井は信じられないというような虚ろな目をし、若松は唇を噛み締めて涙を流していた。

　そして、青峰は。

「負け、た……？　そうか……負けたのか……オレは……」

　呆然としながらも、どこか晴れやかな顔つきで立ち尽くしていた。

　長い試合が終わった。

　立ちつくす青峰を黒子は黙って見つめ、また桃井も嗚咽をこらえながら見守った。

「整列！」

　審判の促す声に選手たちはコート中央へ歩きだす。

　しかし歩きだした直後、ついに力が尽きたのか黒子の身体が大きく傾いた。

「黒子⁉」

　日向の慌てた声に、咄嗟に火神が黒子の腕を掴む。

SEIRIN
10

「大丈夫かよ？」

火神は一応尋ねるが、どう見ても大丈夫そうには見えない様子に、返事を待たずに肩を貸すと一緒に歩きだした。その様子に青峰が、

「ったく……支えてもらって立ってるのがやっとかよ……これじゃ、どっちが勝ったかわからねーじゃねーか」

と言ったが、言った直後にふと思案するように視線を落とした。

「……けど、それでよかったのかもしんねーな」

おそらく、敗因はその差だったのだろう。青峰の胸の奥で苦いものが広がった。

「なに、もう全部終わったような顔してんだよ」

「………！」

青峰が顔をあげると、火神が呆れ顔でこっちを見つめていた。

「まだ始まったばっかだろーが。またやろーぜ、受けてやるから」

さも当然のように言う火神に青峰は不意を突かれ、しばらく呆然としていたが、

「……かはっ、ぬかせ、バァカ」

彼らしい憎まれ口と共に、わずかな笑みを取り戻した。

やがて、エースたちが話している間に意識をはっきりさせた黒子が口を開いた。

「……青峰君」

「………」

黒子のまっすぐな視線に、青峰が避けるように俯（うつむ）くと、火神に支えられてどうにか立っている黒子の足が目に入った。改めて見た力の限り戦いきった姿に、青峰は伝えるべきことがあった。

「お前の勝ちだ、テツ」

――黒子（お前）のバスケじゃ勝てねーよ。

以前戦ったときに突き放すように言い放った言葉を撤回する青峰に、黒子は言った。

「……ひとついいですか」

「……？」

顔をあげ、いぶかしむ青峰に黒子は握った左拳を差し出した。

「あのときの拳をまだあわせてません」

「……なっ、はぁ⁉　いーじゃねーか、そんなもん！」

「いやです。だいたいシカトされた側の身にもなってください」

青峰は困惑し、渋い顔をするが黒子はひょうひょうとした表情のまま、拳を突き出している。

やがて青峰は溜息をひとつ。

「……わかったよ、ただし、これっきりだ」

青峰が右手の拳を黒子に突き出す。

「次は勝つからな」

「はい」

コツン。ふたりの拳があわさる。

かつてそれは信頼の証だった。

そしていま、それはライバルの証となった。

けれど、いまも昔も、バスケの楽しさを分かちあう合図には違いない。

バスケに魅了された者たちがコートの中央に整列した。

審判が体育館にいる全員に聞こえるよう、高々と宣言する。

「101対100で誠凛高校の勝ち！　礼！」

「ありがとうございました！」

——ウインターカップ第一試合、誠凛高校突破！

黒子のバスケ
ウインターカップ総集編
涙の先へ

To be continued...

THE BASKETBALL WHICH KUROKO PLAYS.

■初出
黒子のバスケ ウインターカップ総集編 ～影と光～　書き下ろし

この作品は、2016年9月上映の劇場版
『黒子のバスケ ウインターカップ総集編 ～影と光～』をノベライズしたものです。

黒子のバスケ
ウインターカップ総集編
～影と光～

2016年9月10日　第1刷発行
2016年9月30日　第2刷発行

著　　者／藤巻忠俊　平林佐和子

編　　集／株式会社 集英社インターナショナル
〒101-8050 東京都千代田区一ツ橋2-5-10
TEL 03-5211-2632(代)

装　　丁／西山里佳［テラエンジン］

編集協力／佐藤裕介［STICK-OUT］

編 集 人／浅田貴典

発 行 者／鈴木晴彦

発 行 所／株式会社 集英社
〒101-8050 東京都千代田区一ツ橋2-5-10
TEL【編集部】03-3230-6297
【読者係】03-3230-6080
【販売部】03-3230-6393(書店専用)

印 刷 所／中央精版印刷株式会社

©2016 T.Fujimaki／S.Hirabayashi
©藤巻忠俊／集英社·黒子のバスケ製作委員会
©Printed in Japan ISBN978-4-08-703405-9 C0093
検印廃止

本書の一部あるいは全部を無断で複写複製することは、法律で認められた場合を除き、著作権の侵害となります。また、業者など、読者本人以外による本書のデジタル化は、いかなる場合でも一切認められませんのでご注意下さい。

造本には十分注意しておりますが、乱丁·落丁(本のページ順序の間違いや抜け落ち)の場合はお取り替え致します。購入された書店名を明記して小社読者係宛にお送り下さい。送料は小社負担でお取り替え致します。但し、古書店で購入したものについてはお取り替え出来ません。

総集編
第2弾
黒子のバスケ
ウインターカップ総集編
～涙の先へ～
2016
10/11［火］
発売予定!!
『黒子のバスケ-Replace-』Ⅰ～Ⅵ
JUMP j BOOKS

アニメ劇場版
続々小説
総集編
第3弾
黒子のバスケ
ウインターカップ
総集編
～扉の向こう～
2016
12/5月
発売予定!!
『黒子のバスケ-Replace-』シリーズも
好評発売中!!!

JUMP j BOOKS：http://j-books.shueisha.co.jp/

本書のご意見・ご感想はこちらまで！

http://j-books.shueisha.co.jp/enquete/